Uwe Goeritz

Die Liebe ist (k)ein Ponyhof

Bibliografische Information der Deutschen Nationalbibliothek:

Die Deutsche Nationalbibliothek verzeichnet diese Publikation in der Deutschen Nationalbibliografie; detaillierte bibliografische Daten sind im Internet über http://dnb.dnb.de abrufbar.

© 2016 Uwe Goeritz

Coverbild: Marion Jana Goeritz

Herstellung und Verlag: BoD – Books on Demand, Norderstedt

ISBN: 978-3-7412-7920-1

Inhaltsverzeichnis

Die Liebe ist (k)ein Ponyhof..........................7
- Alles Glück der Erde 8
- Auf ein Neues...............................14
- Ein unerwartetes Treffen 20
- Erwachte Gefühle 26
- Tage der Freiheit 32
- Hinter die Maske sehen 38
- Stallgeflüster...............................44
- Alles aus? 50
- Freundinnen................................56
- Noch ein Mann 62
- Gewissensentscheidungen oder Gefühle? 68
- Betrug!..74
- Entscheidungen 80
- Immer noch Freundinnen?........86
- Die neue Chefin..........................92
- Noch eine Chance?.....................98
- Pferdeliebe................................104
- Neue Wege 110

Die Liebe ist (k)ein Ponyhof

Manchmal geht es in der Liebe zu wie auf einem Ponyhof. Zwei Treffen sich und trennen sich wieder, oder sie bleiben zusammen für immer und bilden eine kleine Familie.

Ramona, die Heldin dieser Geschichte, liebt ihr Pflegepferd Rodrigo über alles. Außer ihm hat sie keine Freunde, weder auf Arbeit noch privat klappt es bei ihr.

Durch Rodrigo ist sie mit der Welt verbunden und durch den Hengst findet sie ihr Glück. Im Ponyhof und auch in der Welt.

Sämtliche Figuren, Firmen und Ereignisse dieser Erzählung sind frei erfunden. Jede Ähnlichkeit mit echten Personen, ob lebend oder tot, ist rein zufällig und vom Autor nicht beabsichtigt.

1. Kapitel

Alles Glück der Erde

Der Wind wehte über die Koppel und das Gras bewegte sich hin und her. Einige Pferde standen auf einer angrenzenden Weide und schauten zum Stall zurück, der sich hinter ihnen befand und hinter dem die ersten Hochhäuser der Stadt im Smog der Straßen lagen. Zum Glück war der Stall etwas weiter davon entfernt und der Wind stand günstig, so dass es den Dunst auf den Fluss und von dort in das Land hinaus zog.

Ramona hatte die Augen geschlossen. Sie genoss die schaukelnden Bewegungen des Pferdes unter sich. Jeden Mittwoch, nach der Arbeit, war sie hier bei ihrem Pflegepferd und der Besitzer, oder besser die Besitzerin, ließ sie auch mal eine Runde reiten. Hier konnte sie so richtig abschalten und den Stress des Tages vergessen. Die Kolleginnen, den Ärger auf Arbeit und ihr momentan nicht so glückliches Liebesleben, oder ihr ganzes Leben schlechthin.

Die ganze Woche freute sie sich, wenn sie abends nach der Arbeit kurz im Stall war, um die Box von Rodrigo auszumisten, auf diese zwei Stunden, wenn sie das Pferd satteln und auf die Koppel führen konnte. Auf seinem Rücken war alles ganz einfach, aber in einigen Minuten, im Stall, würde die schöne Zeit des Vergessens schon wieder für eine lange Woche vorbei sein. Langsam öffnete sie die Augen und schaute auf den Pferdekopf herunter. Der Hengst hatte genauso schwarzes Haar wie sie und vorhin hatte sie seinen Pferdeschwanz genauso gebunden wie ihren eigenen Zopf.

Lustig lugte der unter dem Reiterhelm hervor und machte dieselben Bewegungen wie Rodrigos Schwanz hinter ihr. Hier war sie glücklich und strich mit der Hand über den Hals des Tieres. Hier musste sie keine dummen Fragen beantworten und nicht nachdenken. Er fragte sie nichts und erwartete nichts. Rodrigo war dankbar für jede Berührung und jede Streicheleinheit, die sie ihm zuteilwerden ließ. Einfach nur frei sein, unter dem blauen Himmel, in der nun langsam einsetzenden Dämmerung. Sie zog am Zügel und das Tier blieb stehen. Er drehte den Kopf und schaute zu seiner Reiterin hinauf. Die Ohren spielten im Wind und er nickte ihr zu, als wolle er sagen „Schon wieder zu Ende? Schade."

Mit einer schnellen Bewegung saß sie ab und führte das Pferd am Zügel zurück zum Stall. Eine der Boxennachbarinnen kam vom Stall auf sie zu und sagte „Alles Gute zum Geburtstag." Für einen Moment war Ramona überrascht, doch dann fiel ihr wieder ein, dass heute ihr 27. Geburtstag war. Weder die Kollegen, noch sie selbst, hatten dran gedacht. Was sagte das eigentlich über sie und ihre Arbeit aus? Sie bedankte sich und brachte ihren Schützling in die Box.

Eine ganze Weile lang rieb sie das Pferd mit Stroh trocken, mehr in Gedanken bei sich, als bei dem Tier. Erst ein Schnauben des Hengstes riss sie aus ihren Gedanken. Sie strich ihm über die Nase, verschloss die Box und ging zu ihrem Auto. Sollte sie gleich nach Hause fahren? Oder doch noch irgendwo feiern gehen? Nach kurzer Zeit des Überlegens beschloss sie nach Hause zu fahren. Unterwegs hielt sie an einer Tankstelle und holte eine Flasche Sekt.

Schließlich lag sie im warmen Wasser in der Badewanne. Reichlich Schaum hatte sie sich gemacht, eine Kerze dazu gestellt und ein Glas von dem Sekt mitgenommen. Hier lag sie nun und mit einem Mal begannen die Tränen zu laufen. Niemand hatte an sie gedacht, und wenn vorhin die

Frau sie nicht erinnert hätte, nicht mal sie selbst. „So ein Mist." schluchzte sie los. Das Telefon klingelte und sie griff danach.

Fast wäre das Gerät aus ihren Fingern in das Wasser gerutscht, doch sie konnte es gerade noch festhalten. Ihre Mutter, die am anderen Endes des Landes in einem kleinen Dorf lebte, war dran und wünschte ihr alles Gute, sie hatte erst jetzt die Tiere fertig versorgt und Feierabend. Ramona riss sich für ein paar Augenblicke zusammen, bis das Gespräch zu Ende war. Die Mutter sollte ja nicht erfahren, wie schlecht es ihr ging. Nur ein paar informative Floskeln hatte sie der Mutter gesagt, nicht zu viel und gerade genug, so dass sie nicht nachfragte. Belog sie sich eigentlich selbst damit? Vermutlich ja!

Ramona legte den Kopf zurück auf den Wannenrand und starrte zur Decke des Bades hinauf. Die kleine Kerze beleuchtete eher schwach das nicht sehr große Zimmer. Von draußen kam schon lange kein Sonnenlicht mehr herein. Ramona dachte an die vielen Jahre zurück, die vielen Geburtstage und daran, wann sie das letzte Mal richtig glücklich gewesen war. Viel zu lange kam ihr diese Zeit schon vor. Eigentlich war sie nur zu Hause mit den Tieren des elterlichen Hofes glücklich gewesen und nun immer wenn sie bei ihrem Pferd war.

Sie hatte „Ihr Pferd" gedacht, obwohl das ja so nicht ganz stimmte. Aber Rodrigo war so etwas wie ein Freund geworden. Nur ihm konnte sie vertrauen, und er würde auch nichts von dem verraten, was sie ihm immer heimlich anvertraute. Früher hatte sie Hasen, Katzen und einen Hund gehabt. Dazu die Tiere des Bauernhofes und nun eben das Pferd. Ganz früher war es ihr Teddybär, dem sie alles anvertrauen konnte, aber für den fühlte sie sich schon viel zu alt. Schon oft hatte sie sich überlegt, sich eine Katze zuzulegen, aber das arme Tier wäre dann ja den ganzen Tag alleine in der Wohnung und das wollte sie ihm nicht antuen. So blieb eben nur der Hengst.

Sie lag nun schon sicher mehr als zwei Stunden im Wasser und ihr Geburtstag näherte sich seinem natürlichen, von der Uhrzeit gesetzten, Ende. Immer wieder dachte sie an die ungeliebte Arbeit, zu der sie am nächsten Tag wieder musste und zu den Kolleginnen, die sie eigentlich in Gedanken nur als „dumme Gänse" bezeichnete. Immer nur herum schnattern, so wie die Tiere früher in ihrem Stall.

Der Schaum war schon lange verschwunden und als nun auch noch das Wasser zu kalt wurde legte sie sich in ihr Bett, aber die Tränen wollten nicht versiegen. Sie versuchte sich selbst zu trösten und weinte sich in den Schlaf. Warum das nun gerade heute so war wusste sie selbst nicht. Hing es wirklich mit ihrem Geburtstag zusammen?

2. Kapitel
Auf ein Neues

Als der Wecker klingelte war sie schon eine Stunde wach gewesen. Hatte sie in dieser Nacht überhaupt geschlafen? Müde stand sie auf und schlurfte in das Bad hinein, aus dem sie ja erst vor ein paar Stunden in das Bett gegangen war. Die Kerze stand noch niedergebrannt dort, wo sie sie am Abend hingestellt hatte. Sie hatte diese einfach vergessen, aber auf dem Wannenrand hatte sie keinen Schaden anrichten können. Das Wachs war geschmolzen und in die Wanne gelaufen. Darum würde sie sich am Abend kümmern.

Nun stand sie im Bad und schaute in den Spiegel. Verheulte Augen und zerzauste Haare sah sie und daraus musste sie nun in maximal einer halben Stunde wieder einen Menschen zaubern, der vorzeigbar war. Mit der Dusche ging es los und anschließend mit Haaren und Makeup weiter. In all den Jahren, die sie nun schon alleine lebte, hatte sie gelernt eine Maske zu tragen. Eine Maske aus Puder und gespielter Arroganz.

Seit fünf Jahren hatte sie nun schon keinen Freund mehr und nun hieß es „Auf ein neues Jahr". Die aufgesetzte Maske passte perfekt, aber sie ließ den anderen im Büro gar nicht die Chance, sich ihr zu öffnen oder Kontakt aufzunehmen. Dafür spielte Ramona die Kalte und verhielt sich neutral zu allen und jedem in dem Zimmer. Die Anschauung der dummen Gänse half da auch nicht wirklich weiter, denn mit Gänsen redete sie nicht, die steckte sie lieben in den Offen und genau so ließ sie auch die Kolleginnen schmoren. Kein privates Wort, keine liebe Geste konnte sie sich abgewinnen, nichts. So hielt sie Abstand zu den anderen, blieb damit aber auch alleine.

Kein Schmerz, aber auch keine Freude.

„Früher bin ich anders gewesen." dache sie sich beim Schminken. Alles hatte damit angefangen, dass ihr Ex-Freund sie nach Strich und Faden betrogen hatte. Sie hatte immer das Gefühl, das alle es gewusst hatten und jedes Tuscheln hatte ihr einen Stich gegeben. Dem beugte sie vor, indem sie nichts von sich Preisgab. Keine Information und damit auch keine Nahrung für die Gerüchte, die damit aber nur noch mehr wurden. Vielleicht hätte sie es damals mit einem Scherz abtun sollen, aber sie hatte sich dafür entschieden, sich zurück zu ziehen und nun war sie eben alleine. Hier im Bad konnte sie noch darüber nachdenken, da hatte sie die Zeit, aber später würde sie diese Anschauungen in den Hintergrund drängen, bis sie am Abend sicher wieder mit Tränen zum Vorschein kommen würden.

Auf die Minute genau war sie fertig und hätte jemand vor dem Bad gestanden, er hätte sich gewundert, dass eine ganz andere Person heraus kam, als die, die zuvor hinein gegangen war. Die Frisur saß perfekt und die Kleidung auch. Noch einmal drehte sie sich im Flur vor dem Spiegel, dann nahm sie Autoschlüssel und Aktentasche und zog die Wohnungstür hinter sich ins Schloss. Langsam ging sie die Treppe hinunter und fuhr mit dem Auto die halbe Stunde, bis in das Stadtzentrum, wo die Arbeitsstelle war.

Der Parkplatz der Firma war noch leer. Wie immer war sie die Erste im Büro und ordnete die Akten. Die monatlichen Rechnungen mussten heute raus und da war noch eine ganze Menge zu tun. Sorgsam begann sie die Blätter in den Unterschriftenordner zu legen und ignorierte dabei geflissentlich die anderen Frauen, die auf Arbeit kamen und sich laut über Familie und Freunde austauschten. So ging mehr als eine Stunde in das

Land und sie fragte sich schon, wann denn die anderen eigentlich arbeiteten, aber so war das fast jeden Tag. Plötzlich war Stille im Raum und Ramona blickte auf.

Herr Johan, ihr Chef, betrat den Raum, gefolgt von einer jungen Frau, die einen eher schüchternen Eindruck machte. Von irgendwoher kam ihr die Frau bekannt vor. „Das ist Frau Müller. Sie wird bei uns ab heute als Praktikantin arbeiten." stellte der Chef die Neue vor, dann trat er an Ramonas Tisch und sagte zu ihr „Ich möchte, dass sie sich persönlich um Frau Müller kümmern. Sie sind doch Lehrausbilderin?" Ramona nickte lässig und schaute die andere Frau über ihre Brillengläser hinweg an. Im selben Moment hatte der Chef den Raum auch schon wieder verlassen.

Beide Frauen musterten sich und versuchten ihren Gegenüber irgendwie einzuschätzen, was aber Beiden nicht gelang. Ramona war zu sehr in ihrer Maske gefangen und die andere in ihrer Schüchternheit. Also nickten sie sich nur zu. Der Wille des Chefs war Gesetz, aber Wohl war beiden Frauen nicht dabei.

Schweigend arbeiteten sie schon Stundenlang am Tisch, oder besser gesagt, Ramona arbeitete und die Neue sah nur zu. Da Ramona aber auch nichts sagte, und die andere Frau sich nicht zu fragen traute, war das ja irgendwie normal. Schließlich drückte Ramona der Anderen den Stapel mit Ordnern in die Hand und sagte nur kurz „Die müssen zum Chef. Da muss er auf jedem Blatt unterschreiben." wortlos verließ die andere Frau den Raum und kam ewig nicht wieder.

Immer wieder ging Ramonas Blick zur Uhr und der Feierabend rückte immer näher. Länger arbeiten wollte sie aber auch nicht. Still fluchte sie in sich hinein und arbeitete weiter. Nach einer weiteren Stunde ging Ramona hinterher und traf Frau Müller auf dem Flur mit den Ordnern unter dem Arm. Sie stand immer noch vor dem Zimmer des Chefs.

Wütend riss ihr Ramona die Ordner aus der Hand, um sie selbst dem Chef zu bringen, da die andere Frau offensichtlich nicht dazu in der Lage gewesen war, und dabei fielen einige der Blätter zu Boden. Beim Einsammeln merkte Ramona, dass die Akten schon unterschrieben waren. Also war die Frau vermutlich gerade auf dem Rückweg zu ihr gewesen. Eigentlich hätte sie sich jetzt für ihr Verhalten entschuldigen müssen, doch die Maske der Arroganz ließ dies einfach nicht zu.

Schweigend lief Ramona zurück und ließ Frau Müller im Flur stehen. Wenig später hörte sie die andere in der Toilette schluchzen, als sie sich frisch machen wollte. Zum Glück war die Arbeitszeit auch schon wieder zu Ende und Ramona verschwand ohne ein Wort des Abschiedes.

Erst im Auto begann sie sich für ihr Verhalten zu schämen und als am Abend das Makeup abgewaschen war, liefen wieder die Tränen bei ihr herunter.

3. Kapitel

Ein unerwartetes Treffen

Fast eine Woche hatten die beiden Frauen nun schon zusammen am selben Schreibtisch gearbeitet und in der ganzen Zeit hatten sie sicher nicht mehr wie zwanzig Worte miteinander gewechselt. Nicht das Ramona den anderen Frauen gegenüber gesprächiger gewesen wäre, aber sie sollte Frau Müller doch etwas von dem beibringen, was sie konnte. Immer noch rätselte sie, woher sie die andere Frau wohl kannte, doch es war ihn noch nicht eingefallen. Sie kam ja auch eigentlich nicht so oft aus ihrer Wohnung. Außer mal zum Einkaufen. Vielleicht hatte sie die Andere ja auch dort gesehen.

Da sie heute wieder zu Rodrigo fuhr beeilte sie sich ganz besonders. Der Zwischenstopp in der Wohnung, zum abschminken und Sachen wechseln, fiel heute besonders kurz aus und erst im Auto zum Stall bemerkte sie, dass sie noch die großen Ohrringe von der Arbeit in den Ohren hatte. Sie machte sie ab und legte sie in das Handschuhfach. Wenig später strich sie über die Nase des Tiers, das sich gegen ihre Hand drückte. Sie legte ihren Kopf an den Hals von Rodrigo und so blieben sie einfach einige Minuten stehen, bis sie dann schnell zur Mistgabel griff und die Box säuberte. Dann konnten sie endlich hinaus in die Luft des frühen Abends.

Als sie das Pferd nach dem Ausritt trocken rieb, sah sie eine Frau mit einem anderen Pferd auf dem Gang vor der Box vorbei laufen. Die Frisur der Frau kam ihr bekannt vor und so ging sie mit dem Bündel Stroh in der Hand vor die Box. Am anderen Ende des Ganges stand die Frau und unterhielt sich mit einem der Mitarbeiter des Stalles. Nun erkannte Ramona ihre Kollegin. Hier im Stall hatte sie sie schon einmal gesehen. Aber so wie sie jetzt aussah, hätte Frau Müller sie niemals erkannt.

Schnell ging sie zu Rodrigo zurück und rieb ihm weiter trocken. Dann ging sie zu der anderen Box. Die Frau war nicht mehr da, nur das weiße Pferd stand dort drin. Ramona lass das Schild an der Box „Pferd: Lisa. Halter: Frau Müller." stand darauf. Ihre Kollegin hatte also ein eigenes Pferd und sofort beneidete sie die junge Frau um dieses schöne Tier. Leise schob sie die Tür auf und ging hinein.

Die Stute war wirklich ein schönes Tier und sicher sehr wertvoll. „Was machen sie den hier?" hörte Ramona eine Männerstimme hinter sich. Erschrocken fuhr sie herum und druckste, mit den Händen wedelnd herum. Dabei scheute Lisa hinter ihr und traf Ramona mit der Schnauze im Rücken. Die Frau stolperte nach vorn auf den Mann zu, dann fiel sie um und der Mann fing sie auf. Er zog sie mehr auf den Gang, als das er sie führte, dann beruhigte er das Tier und schloss die Box.

Betreten stand Ramona im Gang „Bitte verraten sie mich nicht." bat sie, denn wenn das heraus kam, dass sie einfach so in eine fremde Box gegangen war, würde sie vielleicht Stallverbot bekommen. Für einen Moment schaltete sie um auf kleines Mädchen mit hilflosen großen Augen und der Mann ließ sich besänftigen. Er war fast genauso alt wie Ramona, hatte kurze dunkle Haare und war, soweit sie das durch das T-Shirt sehen konnte, sehr muskulös. Der Mann nickte und Ramona verschwand so schnell sie konnte. Im Auto sah sie sich im Spiegel an „Puh, das hätte schief gehen können." sagte sie laut und ließ den Anlasser an. Der Motor begann zu brummen, aber sie fuhr nicht los. Irgendwas hielt sie an dieser Position fest. Die Hand an der Gangschaltung konnte sie doch keine Bewegung machen.

Sie hatte sicher schon zehn Minuten mit laufendem Motor dort auf dem Parkplatz gestanden, als es an der Scheibe klopfte. „Kann ich ihnen helfen?" fragte derselbe Mann von vorhin, und Ramona öffnete die Tür. Sie schaltete die Zündung aus und der Motor verstummte. Mit großen Augen sah sie den Mann an und schüttelte den Kopf. „Na dann können sie mir vielleicht helfen? Mein Auto springt nicht an und ich muss in die Stadt." Ramona nickte und zeigte stumm auf den Beifahrersitz. Sie war ihm ja noch einen Gefallen schuldig.

„Ach übrigens ich bin Achim." sagte der Mann, als er sich in das Auto setzte „Ramona." gab sie zurück und reichte ihm die Hand. Etwa eine halbe Stunde später entließ sie ihn wieder an einem Supermarkt. Achim hatte alles Mögliche erzählt und sie kaum zehn Worte. Sie wusste in dieser halben Stunde alles von seiner Einkaufsliste, alle Pferdenamen im Stall und bestimmt hätte er ihr auch noch seine Konfektionsgröße erzählt, wenn die Fahrt noch ein paar Augenblicke länger gedauert hätte. Nun sagte er einfach „Danke." und stieg aus dem Auto aus.

Sie sah ihm lange nach und dachte sich, wie unhöflich das auf ihn gewirkt haben musste, wie sie sich die ganze Zeit verhalten hatte. Na ja, zumindest hatte sie ihn mitgenommen und die Gefahr, dass er sie beim Stallbesitzer wegen des Betretens der fremden Box verraten würde, war nun eher gering. Hinter ihr hupte es und nun erst bemerkte sie die Schlange an Autos, die sich gerade hinter ihr gebildet hatte, weil sie die Einfahrt zum Supermarktparkplatz versperrte.

In ihrer Aufregung ging nun auch noch das Auto aus und sprang auch nicht gleich wieder an. Die vielen hupenden Fahrzeuge machten es ihr auch nicht gerade leichter. Schließlich fuhr sie davon und für einen Moment dachte sie, dass sie Achim mit zwei Tüten wieder vor dem Markt gesehen hatte, aber noch einmal anhalten wollte sie nicht. Dann wären die Männer hinter ihr bestimmt wütend aus ihren Autos ausgestiegen.

Nur noch ein paar Straßen waren zu fahren und als sie vor dem Haus einparkte sah sie, dass Achim eine Tasche in dem Seitenfach in der Tür des Autos liegen gelassen hatte. War dies Absicht gewesen? Sie nahm die Tasche an sich, aber darin war nur eine Sonnenbrille und kein Hinweis darauf, wie sie ihn erreichen konnte, also beschloss sie, ihm die Brille beim nächsten Besuch im Stall zu übergeben, sonst hätte sie ja auch sowieso nicht gewusst, wo sie ihn hätte suchen sollen. Im Telefonbuch? Nur mit dem Vornamen?

4. Kapitel
Erwachte Gefühle

Wieder war Mittwoch und Ramona war extra eher von der Arbeit losgefahren. Erstens freute sie sich natürlich auf Rodrigo und zweitens hatte sie Achim die ganze Woche nicht gesehen und wollte ihm nun endlich die Brille zurückgeben. Als sie den Stall betrat fand sie die Box des Pferdes leer vor. Ein Brief hing an der Tür und sie machte ihn auf, da draußen „Für Ramona" drauf stand.

Laut las sie vor „Hallo Ramona. Ich bin mit Rodrigo überraschend für einen Wettkampf nachnominiert worden. Wenn du möchtest, dann kannst du ihn den ganzen Sonnabend haben. Drück uns beiden die Daumen. Viele Grüße Jette"

Einerseits war sie nun traurig, dass sie auf den Ausritt verzichten musste, andererseits freute sie sich, dass die Beiden an dem Springreiten nun doch teilnehmen konnten, auf das sie sich so lange vorbereitet hatten. Vermutlich war ein anderer Reiter ausgefallen. Sie zog einen Stift aus der

Tasche und schrieb auf den Brief „Hallo Jette, gern nehme ich dein Angebot an. Ich drück euch die Daumen, ihr schafft das schon." Dann steckte sie den Brief wieder unter das Schild an der Futterbox zurück.

„Was mache ich nun mit dem angebrochenen Abend?" fragte sie laut, dann dachte sie wieder an die Brille in ihrer Hosentasche und begann Achim zu suchen. Die fremden Boxen vermied sie und ging nur den langen Gang entlang. Sie schaute in fast jede Box hinein, aber ihn konnte sie nicht sehen. Auch die Pferdebox von Frau Müller war leer. Sie sagte immer noch Frau Müller, und das, obwohl sie schon so lange miteinander arbeiteten. Vielleicht war sie ja mit Lisa auf der Koppel.

Im Sattelraum endlich traf sie auf Achim, der dort gerade irgendetwas in einen Schrank einsortierte. Sie blieb an der Tür stehen und sah ihm eine ganze Weile einfach nur zu, wie er Gläser und Kanister aus- und wieder einräumte. Dann bemerkte er sie und lächelte sie an. Ramona zog die Brille aus der Hosentasche und gab sie ihm. „Oh, die habe ich schon vermisst. Ich dachte, ich hätte sie hier im Stall verloren. Danke." sagte er und bei der Übergabe der Tasche trafen sich wieder ihre Hände. Irgendein Kribbeln zog sich durch Ramonas Bauch, aber sie tat das Gefühl mit dem fehlenden Abendbrot ab.

„ich wollte mich sowieso noch für deine Hilfe bedanken, aber ich wusste ja nicht, wo ich dich finden sollte." sagte er, nachdem er die Tasche verstaut hatte. „Ja, mir ging das genauso." entgegnete sie und bemerkte an der Wärme in ihrem Gesicht, wie sie bis über beide Ohren rot wurde. Was war hier bloß los? Nur weil sie ihre Maske aus Makeup nicht trug ergriffen auf einmal die Gefühle das Ruder und warfen sie herum, wie ein Schiff im Sturm.

Nun begann auch noch ihr Magen zu knurren und daraufhin sagte Achim „Nun weiß ich, wie ich mich Revanchieren kann. Ich lade dich zum Abendessen ein. Hast du heute schon was vor?" Völlig überrumpelt sagte sie „Ja und nein." Auf seinen fragenden Blick korrigierte sie sich „Ja zum Abendessen und Nein, ich habe noch nichts vor." „Fein. Ich räume nur noch schnell ein." sagte Achim und meinte das wirklich wörtlich. Nach nur dreißig Sekunden war alles in den Schrank geworfen und der Schrank abgeschlossen. Verschmitzt sagte er „Da habe ich morgen auch noch was zu tun."

Gemeinsam verließen sie den Stall und stiegen jeder in sein Auto. Achim stieg noch mal aus und klopfte an ihre Scheibe. „Wohin wollen wir den eigentlich?" fragte er „Na zum Abendessen." antwortete sie und schaute ihn verwundert an, hatte er das schon wieder vergessen. Achim schüttelte den Kopf. „Ja, aber wohin?" Ramona sah an sich herunter „Erst mal zu mir zum Umziehen. Fahr mir einfach hinterher." Während er noch neben ihrem Auto stand rollte sie schon langsam vom Parkplatz. „War das jetzt gerade wirklich passiert?" fragte sie sich in Gedanken, als sie den hinter sich fahrenden Wagen im Spiegel beobachtete. Wenig später hielt sie vor ihrem Haus und er direkt hinter ihr. Zum Glück waren heute mal zwei Parkplätze vor ihrer Haustür frei gewesen. Sonst war es meist schon eine Herausforderung nur einen zu finden.

Unschlüssig stand sie vor der Tür und Achim neben ihr. Sollte sie ihm mit nach oben bitten? Beim ersten Treffen? Nein! „Das dauert gar nicht lange." sagte sie, war schon drin und der Mann blieb draußen stehen. Sie sauste nach oben und begann in dem Kleiderschrank Sachen zu suchen, die sie sicher schon seit fünf Jahren nicht mehr angehabt hatte. Endlich hatte sie etwas gefunden, das passte, aber für das Makeup war keine Zeit mehr gewesen und so stürmte sie wieder nach unten.

Achim saß auf einer Mülltonne neben der Haustür und schaute in den Abendhimmel. Offensichtlich hatte er sich für eine längere Wartezeit eingerichtet und war nun überrascht, dass sie es in nur dreißig Minuten wirklich geschafft hatte. Irgendwie überraschte sie das selbst. „Du siehst Toll aus." sagte er und stand von seiner Tonne auf. Dieses Kompliment machte sie verlegen, aber zu dem, was sie gerade vorher im Stall angehabt hatte, sah wahrscheinlich alles andere wirklich toll aus. Sie hatte ja damit gerechnet auf Rodrigo durch die Gegend zu reiten und da zog sie nun mal nicht irgendeinen Designerfummel an. Nun trug sie ein schönes Sommerkleid.

„Wohin nun?" fragte sie ihn, so wie er sie zuvor gefragte hatte, und er hielt ihr seine Autotür auf „Lass dich überraschen." sagte er, danach drückte der Mann die Tür hinter ihr leise in das Schloss. Wenig später hielten sie von einem kleinen italienischen Restaurant, in dem er den Kellner mit Handschlag begrüßte und sofort an einen der besten Tische gebracht wurde. Dort saßen sie nun mit dem Blick auf den Fluss. Der beste Tisch der Stadt wahrscheinlich. Ramona dachte nach, wann sie das letzte Mal so richtig ausgegangen war und kam darauf, dass es damals mit ihrem Freund gewesen war. Danach hatte sie sich vollkommen in ihr Schneckenhaus zurückgezogen.

Doch nun erwachten die alten Gefühle wieder in ihr, nur diesmal für Achim. Würde er sie auch enttäuschen? Vermutlich nicht. Oder hoffentlich nicht! Sie lachten und scherzten den ganzen Abend und später brachte er sie wieder nach Hause. Mit einem Kuss verabschiedeten sie sich vor den Haustür, so wie Teenager, wenn der Vater oben am Fenster wartete.

5. Kapitel
Tage der Freiheit

Da ja Rodrigo sowieso nicht da war, war sie den Rest der Woche nicht im Stall gewesen, sie freute sich auf den Sonnabend, wenn sie das Pferd den ganzen Tag zum Ausritt nehmen konnte. Pünktlich um acht Uhr Frühs war sie auf dem Parkplatz vor dem Stall vorgefahren und schon wenig später war sie in der Box. Sie begrüßte den Hengst und sah die neue Ehrenschleife an der Wand. Die Beiden waren beim Turnier zweite geworden und das war, bei der Menge an Teilnehmern, schon ganz gut gewesen.

Ramona ging in die Sattelkammer und traf dort auf ihre Kollegin. Frau Müller erkannte sie jedoch nicht, so ohne Makeup und in der schlabbrigen Freizeitkleidung, und Ramona wollte nur schnell den Sattel hohlen, also ging sie an der anderen Frau wortlos vorbei. Mit allem was sie brauchte ging sie zur Box zurück und war auch schon zehn Minuten später draußen. Diesmal war sie auch auf der Wiese unterwegs und nicht nur auf der Koppel. Sie ließ das Pferd einfach laufen, was konnte hier schon passieren?

Ohne das sie am Zügel zog ritt sie mit dem Pferd, oder besser das Pferd mit ihr. Rodrigo bestimmte den Weg und Ramona war alles egal. Nur das Reiten zählte. Einfach immer gerade aus und an nichts denken. Stunden waren sie unterwegs und erst weit nach Mittag waren sie wieder im Stall angekommen. Mit dem Sattel in der Hand ging die Frau, nachdem das Pferd trocken gerieben in der Box stand, zur Sattelkammer zurück. Gerade als sie das Zubehör an den Haken gehangen hatte betrat Achim den Raum.

Wie sollte sie sich ihm gegenüber verhalten? In diese Überlegung hinein gab er ihr einfach einen Kuss und nahm ihr somit die Entscheidung ab. Sie setzen sich auf eine Bank. Diesmal erzählte fast nur Ramona und er hörte zu. Sie schwärmte so von dem Ausritt, dass er sich fast nicht traute sie zu unterbrechen. Lange hörte er sich jedes Detail an und nickte oder sagte Dinge wie „Oh", „Schön." oder „Aha". Schließlich fragte er sie, ob sie am Abend schon etwas geplant hatte. Sie dachte an das neue Buch, das sie sich gekauft hatte, aber das hatte ja noch Zeit. Also schüttelte sie den Kopf und schaute ihn an. So lud er sie zum Tanz ein.

Da er noch weiterarbeiten musste fuhr sie alleine nach Hause und überlegte sich, was sie wohl anziehen sollte. Schon lange war sie am Sonnabendabend nicht mehr weggegangen. Meist lag sie mit einem Buch auf dem Sofa, oder sah fern. Nach einer Stunde des Suchens hatte sie etwas Passendes gefunden und legte sich in die Wanne, um den Pferdegeruch loszuwerden. Mit einem Duft von Mango am Körper stand sie etwas später vor dem Spiegel und drehte ihre Locken ein.

Alles sollte perfekt sein. Warum wusste sie selbst nicht, aber wenn sie das Haus verließ, und nicht gerade in den Stall fuhr, spielte sie immer eine Rolle und dazu gehörte nun mal Maske und Kostüm. Als es klingelte drehte sie sich noch einmal vor dem Spiegel im Flur. Das Kleid hatte die richtige Länge, die Haare die richtige Lockenwindung und die Handtasche passte in der Farbe zu den Schuhen. „Perfekt." sagte sie laut zu sich selbst und ging zu Achim hinunter, der unten schon wartete.

Er hatte einen dunklen Anzug an, und sie hätte ihn so fast nicht erkannt. Er lächelte sie an und sagte „Du siehst wundervoll aus." Bei dem Kompliment wurde sie fast verlegen, konnte sich aber gerade noch fangen. Sie nickte nur und lächelte ihn an. Im Licht der untergehenden Sonne konnte er nicht sehen, wie rot sie im Gesicht geworden war. Er nahm sie bei der Hand, dann führte er sie um die Straßenecke. Sie fuhren nicht, wie sie es erwartet hatte, im Auto, sondern gingen zu Fuß zu einem kleinen Club, aus dem schon Tanzmusik bis auf die Straße klang. Abwechselnd tanzten sie, oder saßen an der Bar, lachten oder tranken Cocktails. Ihr ging es so gut wie schon lange nicht mehr und sie liebte es, sich einfach mal fallen zu lassen. Nicht alles unter Kontrolle zu behalten. Die zuckenden Lichter über ihr, seine starken Arme, die sie bei den langsamen Tänzen führten. Alles war schön und sie genoss den Abend.

Ramona schreckte hoch. Sie lag in ihrem Bett und ihr Kopf tat weh. Für einen Moment wusste sie nicht, was passiert war. Große Teile der vergangenen Nacht fehlten in ihrem Gedächtnis. Aus der Küche klapperte es und sie sah sich um. Das Bett neben ihr war unberührt und sie hatte noch ihre Unterwäsche an. Ihre Sachen lagen sauber gefaltet auf dem Hocker neben dem Bett, so wie sie es nie gemacht hätte. Jemand hatte sie ausgezogen! Was war passiert?

Ramona zog sich den Morgenmantel über und ging dem klappernden Geräusch nach. In der Küche stand, nur in bunt bedruckten Boxershorts, Achim und machte Frühstück. Sie stellte sich in die Tür und sagte „Morgen." er drehte sich um und strahlte sie an „Guten Morgen. Na, ausgeschlafen?" antwortete er und sie nickte „Was ist den passiert?" fragte sie ihn und er antwortete „Du hattest zu viele Cocktails. Ich habe dich ins Bett gebracht und dann auf der Couch geschlafen, ich wollte dich nicht alleine lassen, falls du was gebraucht hättest." dabei zeigte er auf einen Eimer. Sie nickte dankbar, offensichtlich hatte er ihre missliche Situation nicht ausgenutzt.

Zusammen Frühstückten sie, bevor er sich verabschiedete. Mit einem Kuss entließ sie ihn und ging dann unter die Dusche. Nach dem warmen Schauer des Wassers sah sie sich im Spiegel an. Die fünf Jahre des alleine Lebens hatten deutlich ihre Spuren auf den Hüften und auf ihrem kleinen Bäuchlein hinterlassen. Für einen Moment erschrak sie, weil er sie ja auch so gesehen hatte, als er sie nur in Unterwäsche in das Bett gelegt hatte.

Da musste sie in der nächsten Zeit unbedingt etwas daran ändern, aber bisher war ihre Abendbeschäftigung immer eher ruhiger Natur gewesen. Mit einem Buch und einer Tüte Chips.

Sie dachte wieder an den Mann. Bei der Verabschiedung hatte sich ein warmes, vertrautes Gefühl in ihr breit gemacht. Sie mochte Achim.

Liebte sie ihn? Vielleicht!

6. Kapitel

Hinter die Maske sehen

Nun traf sie Achim jeden Tag im Stall. Entweder hatte er nun eine andere Schicht, oder er hatte sich so einteilen lassen, dass er sie immer treffen konnte. Jedenfalls tat er ihr gut, richtig gut. Jeden Tag wurden die Besuche bei Rodrigo länger und das auch, weil sie wusste, dass Achim auch dort war. Etwas zog sie immer mehr zu diesem Mann. Das Gefühl der Vertrautheit wurde immer stärker in ihr und so etwas wie Liebe machte sich in ihr breit. Schon lange hatte sie nicht mehr so gefühlt. Gern würde sie sich fallen lassen, doch erst mal musste sie ihre Maske fallen lassen, damit er überhaupt erkannte, was sie für ihn fühlte.

Sie erinnerte sich an den Abend in der Pizzeria, da hatte sie nicht nachgedacht und hatte einfach reagiert. Die Gefühle hatten geführt. Ihm hatte das sicher gefallen, aber kaum dachte sie wieder irgendetwas, kam die einstudierte Rolle wieder nach vorn. Sie hasste sich oft dafür, aber seit sie ihn kannte, hatte sie keine Träne mehr vergießen müssen.

Auch in der Arbeit bekam die in jahrelanger Mühe aufgebaute Fassade Risse. Dazu kam noch, dass sie eines Abends dann noch einmal auf dem Gang vor Rodrigos Box Frau Müller über den Weg lief, die sie diesmal auch erkannte. Damit war, zumindest hier im Stall, das „Sie" und „Frau Müller" Geschichte. Die andere Frau sagte schüchtern „Ich bin Sonya", abwartend schaute sie zu der Anderen, die entgegnete „Ramona".

Sie gaben sich die Hand, so wie sie es sicher schon vor Wochen auf der Arbeit hätten tun sollen. Aber da war Ramona ja noch eine andere gewesen, das war ein anderes Leben gewesen, vor Achim und vor der Rückkehr der Gefühle. Immer mehr lüfteten diese die Maske der Arroganz, die sie so gut einstudiert hatte. Und auf Arbeit war es dann am nächsten Tag auch klar, dass sie sich weiter mit den Vornamen anredeten. Wenn schon das „Du", dann würde es immer so sein. Ramona wollte da nicht zwischen Privat und Dienstlich trennen, obwohl sie das sicher leicht gekonnt hätte. Sonya hätte sicher nichts gesagt, um sie nicht irgendwie zu brüskieren.

Die anderen Kolleginnen waren erstaunt und begannen zu tuscheln, aber niemand traute sich den beiden anderen auch das Du anzubieten.

Noch wollte Ramona nichts von den anderen Frauen wissen. Noch musste sie die Distanz waren. Dafür wurde die Verbindung zu Achim immer enger. Jeden Sonnabend gingen sie tanzen und nach der ersten Erfahrung war Ramona vorsichtiger mit den Cocktails. Jedes Mal verabschiedeten sie sich unten vor der Haustür, auch wenn die Zeit dafür immer länger wurde. Beim ersten Mal etwa eine viertel Stunde und beim zweiten schon mehr als dreißig Minuten.

An ihrem dritten Tanzabend wurde der Kuss zum Abschied noch länger und Ramona fühlte sich geborgen. Hier konnte sie sich fallen lassen und sie sank in seine Arme. Gegenseitig zogen sie sich zuerst die Treppe hoch und dann, nachdem die Wohnungstür hinter ihnen verschlossen war, auch die Sachen aus. Zuletzt fielen seine Boxershorts und sie sanken in Ramonas Bett. Sie genoss die Zärtlichkeiten und Streicheleinheiten und dachte daran, wie lange das her war, dass sie das letzte Mal mit einem Mann im Bett gewesen war. Mehr als fünf Jahre! Dann lies sie sich fallen und schaltete ihren Kopf aus.

Die langen Küsse in der Dämmerung des Schlafzimmers, bei etwas abgedunkeltem Licht, waren einfach nur schön. Dieses weiche, indirekte Licht betonte ihren Körper noch mehr und ließ alles das im Dunkel, was sie nicht zeigen wollte. Sie spürte seine Hände überall auf sich. Eines führte zum anderen und sie war ja praktisch ausgehungert. Ausgehungert nach der Liebe, die er ihr geben konnte und die sie ihm auch zeigen wollte.

Als die Morgensonne sie am Sonntag früh weckte sah Ramona den schlafenden Mann neben sich liegen. Liebevoll betrachtete sie ihn und schließlich blinzelte Achim und wachte auf. Sicherlich hatte er gemerkt, dass sie ihn beobachtete. „Guten Morgen." sagte er und küsste sie. Sie erwiderte seinen Kuss, wartete aber mit dem aufstehen, bis er das Schlafzimmer verlassen hatte.

Irgendwie schämte sie sich ihrer Nacktheit und auch der kleinen „Wohlstandspolster", obwohl er diese auch in der Nacht vermutlich gesehen, oder wenigstens gespürt, hatte und nichts dazu gesagt hatte. „Vielleicht hat er aus Höflichkeit geschwiegen?" dachte sie und da war er wieder, der verdammte Verstand. Sie scheuchte ihre Gedanken mit einer Handbewegung davon und zog sich aber trotzdem schnell den Morgenmantel über.

Jetzt hier am Tag war das etwas anderes als am Abend. Jetzt schämte sie sich etwas für ihren Körper. Nach dem Frühstück machte sich Achim auf den Heimweg. Offenbar hatte er ihre Befangenheit erkannt und wollte ihr die Zeit geben, die sie brauchte die neue Situation zu verarbeiten. Dankbar machte sie es sich später auf dem Sofa bequem und dachte an die vergangene schöne Nacht zurück.

Als ihr Blick auf die Keksschüssel auf dem Tisch fiel, dachte sie daran, etwas an ihrer Lebensweise zu ändern. Vielleicht wäre ein Sport ja das Richtige für sie. Bis auf Reiten machte sie ja im Moment nichts und da hatte auch nur Rodrigo seinen Auslauf. Sie klappte das Buch zu und ging zu ihrem Kleiderschrank. Da lag noch ein fast original verpackter Jogginganzug, den sie sich selbst vor mehr als fünf Jahren gekauft hatte. Sie legte ihn auf das Bett und betrachtet das Kleidungsstück. Modisch und modern war etwas anderes, aber er schien bequem zu sein.

Ein paar Minuten später lief sie, mit der Hose des Anzuges und einem kurzen Top bekleidet, durch den Park. Eigentlich lief sie nur etwa fünf Minuten, bevor sie auf einer Parkbank erst mal wieder Luft holen musste, um danach zurück zu laufen, aber ein Anfang war gemacht.

Am nächsten Tag kam eine ganz andere Ramona auf Arbeit an. In einem bunten, luftigen Sommerkleid, statt dem bisher üblichen dunklen Kombinationen aus Rock und Jacke, ohne Makeup, nur mit Lippenstift saß sie an ihrem Schreibtisch, als die anderen Frauen in das Büro kamen. Fast hätten sie Ramona nicht erkannt und den ganzen Tag tuschelte sie mit Sonya. Fast so, wie die anderen Frauen, die sie sonst so verachtet hatte.

Etwas hatte sich geändert. Sie hatte sich geändert und sie hatte sich ihren Gefühlen geöffnet.

7. Kapitel

Stallgeflüster

Achim hatte ihr erzählt, dass er in einer WG wohnte. Mit fünf anderen Studenten. Er selbst studierte Tiermedizin und verdiente sich auf dem Reiterhof das Geld für sein Studium dazu, und für das, was er für das Leben brauchte. Da sie das mit der WG ja schlecht kontrollieren konnte und auch nicht wollte, trafen sie sich nun auch in der Woche des Öfteren abends in Ramonas Wohnung. Aber auch im Stall trafen sie sich fast täglich. Meist hatte er die Box von Rodrigo schon sauber gemacht, obwohl das nicht seine bezahlte Aufgabe war, damit sie mehr Zeit miteinander hatten.

Auch Sonya war nun viel öfter in dem Stall, zumindest kam es Ramona so vor. Entweder, weil sie nun wusste, dass die Kollegin hier war, oder weil diese es von Ramona wusste. Oft stand Sonya bei Rodrigo an der Box und die beiden Frauen unterhielten sich. Eines Abends trafen sie sich an Lisas Box, wo ja ihre Affäre mit Achim ihren Anfang genommen hatte, was sie natürlich Sonya auch schon erzählt hatte.

„Ein schönes Pferd hast du." sagte Ramona, doch Sonya schüttelte den Kopf „Lisa ist mein Pflegepferd. Sie gehört meiner Mutter und ich bin für Lisa so in etwa das, was du für deinen Rodrigo bist." antwortete sie und strich Lisa über den Kopf. „Sie ist ein wirklich schönes Pferd." sagte Ramona anerkennend und Sonya nickte nur.

„Vielleicht können wir ja mal einen gemeinsamen Ausritt machen?" fragte Ramona und Sonya wollte dazu erst mal ihre Mutter fragen, denn so etwas konnte sie natürlich nicht alleine entscheiden. Schließlich gehörte ihr das Pferd nicht und auch Ramona musste mit Jette über Rodrigo sprechen. Nachdem die Box verschlossen war gingen die beiden Frauen den Gang entlang. Vor Rodrigo verabschiedeten sie sich bis zum nächsten Morgen und dann brach Sonya auf.

Auch Ramona wollte später aus dem Stall verschwinden, sie war nun fast alleine in dem Haus und nur die Pferde schnaubten noch, sonst war schon ruhe hier. „Wo ist eigentlich Achim geblieben?" dachte sie gerade noch, als sie den Gang entlang zum Ausgang des Stalles ging. Er hatte sich nicht von ihr verabschiedet, wie er es sonst doch immer machte. Sie sah sich noch einmal um und wollte gerade das Licht im Gang löschen, als er aus dem Strohlager heraus trat, das sich neben ihr befand.

Für einen Moment war sie erschrocken, doch dann entspannte sich die Angst in ihr mit einem Lachen. Achim ergriff ihre Hand und zog sie in den Raum hinein. Genauso schnell verschloss er die Tür hinter ihnen. Das duftende Stroh und Heu verbreiteter einen Atmosphäre, die sie an die Kinderzeit auf dem Dorf erinnerte. An die Tage der Kindheit, als sie auf den Feldern durch das frisch gemähte Gras tobten. Er zog sie zu dem eigelagerten Heu und küsste sie lange und leidenschaftlich.

Eine halbe Stunde später betraten sie den Gang wieder und er zog ihr schnell noch ein paar Strohhalme aus den Haaren, aber sie waren nun völlig alleine. Achim verschloss das Haus und sie fuhren gemeinsam zu Ramonas Wohnung, wo sie den im Stroh begonnene Abend fortsetzten. An diesem Abend fragte sie ihn, ob er nicht bei ihr einziehen wollte und seine WG aufgeben konnte, doch er lehnte es, aus ihr nicht erklärbaren Gründen, ab. Bei jeder Nachfrage fand er eine andere Erwiderung.

Diese Ablehnung fachte einen kleinen Zweifel in ihr an. Hatte es nicht mit ihrem Freund damals auch so angefangen? Verstimmt lag sie neben ihm im Bett und dachte an die Zeit zurück. Sie hörte auf sein schnarchen und schloss die Augen. Die alten Bilder kamen wieder hoch. Daran, wie sie ihren Freund damals mit einer anderen im Bett erwischt hatte und daran, wie sehr sie am Boden zerstört gewesen war. Und das war fast fünf Jahre so geblieben, bis sie Achim kennen gelernt hatte. War es bei ihm genauso? War sie für ihn nur eine Affäre? Fragen über Fragen! Schließlich beschloss sie mit diesen Fragen nicht alleine zu bleiben. Aber darüber konnte sie nicht mit ihm reden. Vielleicht mit Sonya, aber nicht auf Arbeit. Nun mussten ihre Zweifel bis zum nächsten Abend im Stall ruhen.

Unendlich lang erschien ihr der Tag und vermutlich hatte Sonya gemerkt, dass ihr etwas auf den Nägeln brannte. Doch sie traute sich nicht Ramona zu fragen, erst im Stall, in Lisas Box, konnten sie leise miteinander reden. Mehr ein flüstern, damit Achim, der ja sicher auch da war, es nicht hören konnte. Natürlich hatte auch Sonya einen Freund und dem vertraute sie fast blind. Etwas, was Ramona so gar nicht nachvollziehen konnte. Vertrauen war schnell verloren, aber schwer gewonnen und da war sie mit Achim noch nicht so richtig angekommen. Oder verlor sie gerade wieder ihr Vertrauen in ihn?

Sie erzählte Sonya von ihrem ehemaligen Freund und dessen Betrug an ihr. Anscheinend hatte Sonyas gerade ihren erster Freund und sie hatte noch nie schlechte Erfahrungen mit ihm gemacht. Ramona hoffte, dass dies immer so bleiben möge, doch für sich selbst konnte sie die Erfahrung nicht mehr Rückgängig machen. Nun war jede Bewegung, jedes Wort und jede Geste, die Achim machte, sofort vor ihrem geistigen Auge auf der Waage. Wenn ein Zweifel erst mal gegriffen hatte, so griff er richtig.

Eines Abends ertappte sie sich, dass sie ihm hinterher gehen wollte, als er sich von ihr verabschiedete, um nach Hause in seine WG zu gehen. Da war sie noch nie gewesen und er hatte ihr nur ein paar Namen seiner Mittbewohner gesagt. Aber auf einmal war Alex eben vielleicht auch eine Alexandra! Die Jacke schon in der Hand überlegte sie und das Wort ALEX war auf einmal wie eingemeißelt in ihren Gedanken. Er hatte ihr ja gesagt, wo er wohnte und so beschloss sie einfach, da es noch nicht so spät war, an der Wohnung der WG vorbei zu joggen.

Aber wie sollte sie denn herausbekommen, wer von den jungen Menschen, die das Haus betraten, nun zu der WG von Achim gehörten? Und sie konnte ja nicht stundenlang hier herum laufen. Erstens weil sie das vermutlich gesundheitlich nicht durchhielt und zweitens, weil sie Achim auch jederzeit hätte sehen können.

Was nun?

8. Kapitel

Alles aus?

Paranoia war das Wort, das Ramonas Geisteszustand im Moment am besten umschreiben würde. Auf der einen Seite liebte und vertraute sie Achim, solange sie zusammen waren, auf der anderen Seite hatte sie sich ein Fitnessstudio gesucht, von dessen Fenstern aus sie den Eingang von Achims Haus sehen konnte. Auf einem Laufband, das genau an diesem Fenster stand bewegte sie sich fast den ganzen Abend. Die kleinen Speckrollen wurden weniger und die Zweifel dabei immer größer.

Manchmal ging sie nach ihm aus dem Haus und beobachtete dann den Rest des Abends die jungen Leute unten auf der Straße. Die vielen Studenten in ihren bunten Sachen, von denen einige auch in das Studio kamen. Vermutlich waren hier drin sogar die meisten Besucher Studenten. Das Haus lag einfach sehr praktisch für sie. Schöne, schlanke, junge Frauen mit langen Haaren. In den knappen Sportsachen waren die Rundungen noch zusätzlich betont!

Jede freie Minute lief sie und sah, dass mehr Frauen in das Haus gingen als Männer. Sicher lebten etwa hundert Studenten in dem Haus und oft kam Achim mit Frauen aus dem Haus oder ging mit ihnen hinein. Kommilitoninnen oder Freundinnen? Der Zweifel und die Angst nagten in ihr. An manchen Abenden lief sie fast bis zur Erschöpfung und damit vernachlässigte sie auch noch die Beziehung zu Achim. Sie steigerte sich in eine Spirale des Zweifels hinein. Lange konnte das nicht mehr gut gehen.

Schließlich sah sie ihn mit einer sehr schlanken, langhaarigen und jungen Person in das Haus gehen. Irgendetwas störte sie an seinen Bewegungen so sehr, dass sie fast vom Laufband gefallen wäre. Als er später anrief und sagte, dass er ab sofort, also praktisch über Nacht, für drei Wochen auf ein Auslandssemester nach London musste, war es für sie sofort klar.

Wer Beweise sucht, der wird fündig werden und wenn sie nicht eindeutig sind, werden sie eben umgedeutet. Sie reimte sich die Dinge so zusammen, dass es einfach schmerzen musste und sie sah ihn in ihren Gedanken mit der jungen Frau immer wieder das Haus betreten. Warum hatte sie das hier gerade so umgeworfen? Hatte sie ihn nicht schon zuvor mit Frauen gesehen? In ihren Gedanken sah sie Achim so, wie sie ihren Freund damals vorgefunden hatte. „So ein Betrüger!" dachte sie nur.

Um sich davon abzulenken beschloss Ramona an diesem Abend noch tanzen zu gehen. Sie ging alleine in die Disco, in die sie immer mit Achim gewesen war. Dort tanzte sie für sich alleine. Die Musik war laut und die Blitze der Beleuchtung zuckten um sie herum. An der Bar wollte sie sich einen Saft bestellen, doch ein Mann, der dort stand, gab ihr einen Cocktail aus. „Warum nicht?" dachte Ramona, sie stieß mit dem Mann an und trank das süße Getränk aus.

Sie erwachte mit einem brummenden Schädel in einer fremden Wohnung. Nackt lag sie, nur mit einer leichten Decke zugedeckt, mit einem fremden Mann im Bett. Sie hatte keine Erinnerung an den Rest des Abends nach dem Cocktail. Es war wohl keine gute Idee gewesen, nach der sportlichen Anstrengung auch noch Alkohol zu trinken. Der Mann neben ihr lag auf der Seite mit dem Rücken zu ihr. Er hatte lange rotblonde Haare und sie erinnerte sich, dass der Mann, der ihr das Getränk ausgegeben hatte, auch solche Haare gehabt hatte. Auf dem Nachttisch neben ihr lag eine aufgerissene Packung Kondome. Wenigstens daran hatte sie, oder er, noch gedacht.

Der Mann erwachte langsam und Ramona setzte sich im Bett auf. Ihre Sachen lagen überall im Zimmer verstreut, so als ob sie jemand absichtlich so hingeworfen hatte. Der Mann drehte sich zu ihr um und schaute sie abschätzend an. Kein Wort wurde zwischen den Beiden gesprochen. Sie zog die Decke nach oben, so dass nur noch Schultern, Kopf und Arme unbedeckt blieben. Sie fühlte sich schmutzig und irgendwie benutzt. „Guten Morgen. Wo ist das Bad?" sagte und fragte sie und der Mann zeigte wortlos auf die Tür, die der offenen Schlafzimmertür gegenüber lag.

In die Decke gewickelt, im laufen ihre Sachen aufsammelnd, bewegte sie sich in Richtung Bad und verschloss sorgfältig die Tür hinter sich. Ein paar Minuten stand sie einfach nur so da und versuchte sich zu erinnern, aber irgendwie kam da nur ein großes, schwarzes Loch, verschwommene Gesichter und nichts wirklich Gutes nach vorn. Nach einer ausgiebigen warmen Dusche, bei der sie versuchte, den Schmutz der Nacht wieder abzuwaschen, saß sie, den Kopf in die Arme gestützt, auf dem Toilettenbecken und versuchte noch einmal sich an die vergangene Nacht zu erinnern, aber es blieb alles nach dem Cocktail im Dunklen. Das Getränk musste ihr sofort die Füße weggezogen haben und der Mann nebenan hatte ihre hilflose Lage ausgenutzt. Sie schämte sich dafür und verließ das Bad.

Ramona warf die Decke auf das Bett und ging einem klappernden Geräusch nach. Nackt in seiner vollen Pracht stand der Mann in der Küche und machte Kaffee. Er drückte ihr eine Tasse in die Hand und sagte wie selbstverständlich „Ach übrigens, ich bin Peter." für einen Augenblick blieb ihr die Luft weg. Ihr Freund, der sie damals betrogen hatte, hieß auch Peter und nun hatte sie irgendwie auch Achim mit ihm betrogen. Oder etwa nicht? Gehörte zum Betrug nicht auch so etwas wie ein Wille, es zu tun? Eigentlich hatte sie doch aber nur tanzen wollen und nicht das hier.

Sie warf einen Blick in das unaufgeräumte Schlafzimmer zurück und stellte den Kaffee unangerührt wieder auf den Tisch. Mit der Handtasche unter dem Arm ging sie zur Wohnungstür und verließ ohne ein Wort die fremde Wohnung. Sie blickte auch nicht zurück zu dem Mann, für den sie im Moment nur Verachtung in sich hatte, aber war sie nicht auch selbst an dem Ganzen Schuld? Irgendwie musste sie ja mitgekommen sein.

Auf der Straße merkte sie, dass sie nicht weit von dem Club entfernt waren, in den sie am Abend gegangen war. Zum Glück war Sonnabend und da musste sie ja nicht arbeiten, sonst wäre sie schon zu spät gekommen.

Langsam ging sie am Fluss entlang zu ihrer Wohnung zurück. Das war zwar ein Umweg, aber das Wasser gab ihr etwas Befreiendes. Nachdem sie wieder in ihrer Wohnung war legte sie sich in die Badewanne und dachte über die Nacht weiter nach.

Nun war alles mit Achim aus!

Die ersten Tränen rollten über ihre Wangen und es dauerte sicher eine Stunde, bis sie sich wieder beruhigt hatte.

War nun wirklich alles aus?

9. Kapitel

Freundinnen

Nun, da Achim ja praktisch nicht mehr da war, und Ramona sich, durch ihre Schuldgefühle und Zweifel an ihm und sich, von ihm zurückgezogen hatte, band sie sich fester an Sonya. Für einen Tag hatte sie gedacht, dass sie wieder die alte Maske tragen würde, aber als sie das anthrazitfarbene Kostüm anziehen wollte sträubte sich etwas in ihr dagegen. Das Kapitel Mann war vorerst für sie abgeschlossen. Weder Peter, der sie so ausgenutzt hatte, noch Achim, der sie belogen hatte, wollte sie im Moment sehen und Achims Anrufe aus London drückte sie einfach weg.

Fast jeden Abend, in der Zeit, in der sie vor ein paar Tagen noch im Studio gelaufen war, war sie nun mit Sonya bei sich zuhause. Zusammen saßen sie auf dem Sofa und redeten über ihr Leben. Die unselige Affäre mit Peter, von vor ein paar Tagen, verschwieg sie, da schämte sie sich immer noch zu sehr darüber. Das war so gar nicht ihre Art gewesen. Einfach so mal einen One-Night-Stand. Aber sie hatte ja auch mit Achim genug Gesprächsstoff. Die beiden Frauen wurden langsam richtig gute Freundinnen und das war für Ramona auch wieder eine gute Sache. Seit ewigen Zeiten hatte sie keine Freundin mehr gehabt. Eigentlich schon seit der Kindheit nicht mehr.

Damals hatte sie nur ihre Freundin Regina gehabt, nun dachte sie an diese zurück. Was die wohl machte? Sicher hatte sie schon einen Schwung Kinder. Sie war in dem kleinen Dorf geblieben und lebte nun immer noch im Nachbarhaus der Mutter. Zusammen waren sie über die Felder gerannt und hatten sich im Stroh gebalgt. Das war damals ihre schönste Zeit gewesen. Schon lange hatte sie sich nach einer Freundin gesehnt, aber ihre Zurückgezogenheit hatte dies nicht zugelassen. Nun wurde Sonya für sie eine Bezugsperson zum Zuhören und reden.

Nach einer Woche nahm Ramona den Plan ihres Ausrittes wieder auf. Sie hatte Jette, die Besitzerin von Rodrigo, schon entsprechend vorbereitet, blieb nun nur noch Sonyas Mutter, der ja Lisa gehörte. Schließlich kam Sonya eines Morgens freudestrahlend auf Arbeit und sagte für den Ausflug zu. Nun ging es an die Planung. Beim letzten Mal hatte ja das Pferd geführt und Ramona hatte irgendwie nur die Gegend genossen, die Rodrigo gefallen hatte, doch nun wollten die beiden Frauen die Strecke selbst bestimmen.

Mit einer Wanderkarte der näheren Umgebung des Stalles saßen die beiden Frauen auf dem Sofa und suchten die beste Strecke aus. Diese Vorbereitung machte ihnen schon solch einen Spaß, dass der Ausritt praktisch zur Nebensache wurde. Aber auch zur Mode tauschten sich die beiden Frauen aus und zuletzt hatten sie sich auch noch für drei Abende die Woche im Fitnessstudio verabredet. Diesmal machte Ramona wirklich Sport und zusammen mit der Freundin machte es ihr auch noch Spaß. Sonya war ja jünger und auch fitter. Aber das tat dem Spaß, den sie beide hatten, keinen Abbruch.

Sonya kannte alle Geräte und Übungen und half der Freundin bei den Übungen. So konnten sie auch noch das Geld für den Trainer sparen und dafür eine Stunde in der Sauna buchen. Noch nie war Ramona in einer Sauna gewesen und für den Anfang war es ihr viel zu heiß. Der Schweiß lief ihr in Strömen vom Körper. Sonya hingegen schien die Hitze nichts auszumachen. Erst mit der Zeit gewöhnte sich Ramona an die Hitze hier drin. Dass sie hier drin nackt waren störte sie beide nur wenig, aber Ramona machte den Fehler, ihren Körper mit den der jüngeren Frau zu vergleichen. Dabei konnte sie aber nur verlieren. Sonya bemerkte den prüfenden Blick der Freundin, hielt sich aber mit Bemerkungen zurück.

Ramona hatte für einen Augenblick den Eindruck, als ob sich Sonya besonders positionierte und ihr sozusagen ihre Schokoladenseite präsentierte. Vermutlich machte sie das unbewusst, aber für Ramona wurde es damit nur noch schwerer. Schließlich schaltet sie ihren Kopf ab und hörte auf ihr Gefühl. Also machte sie es genauso wie die Freundin. Sie versteckte die kleinen Röllchen am Bauch unter dem nach oben gezogenen Hüfttuch und schob ihren Körper so zurecht, das ihr die Position, die sie dabei einnahm, gefiel. So saßen sie eine ganze Weile, bis ein paar ältere Frauen dazu kamen. Nun wechselte Sonya von ihrer Liege auf der anderen Seite der Saunakabine direkt auf die Plattform neben die Freundin. Ihre Körper berührten sich und nun konnten sie sich leise weiter unterhalten.

Als ein paar Männer die Sauna betraten merkte Ramons, dass sie in der gemischten Sauna waren. Sonya schien das nichts auszumachen, doch Ramona hatte da plötzlich Hemmungen sich so nackt vor fremden Männern zu zeigen und zog die Freundin nach draußen. Kurze Zeit später schwammen sie noch nebeneinander durch das Abkühlbecken. Sonya war sich, im Gegensatz zu ihrer Freundin, ihres Körpers bewusst. Vermutlich war sie schon oft hier gewesen und hatte sicher auch gewusst, dass es die gemischte Sauna war und dort jederzeit auch Männer hinein kommen konnten.

Schließlich saßen sie noch eine Weile auf der Bank des Schwimmbades, bevor sie sich wieder anzogen. Gemeinsam gingen sie dann durch die Räume und Ramona folgte ihrer Freundin, die sich hier ja bestens auskannte. An der Bar des Studios sprachen sie danach bei einem Gemüsesaft den Ausritt am nächsten Tag ab. In immer bunteren Farben malten sie sich den Tag aus. Was konnte da alles passieren? Was würden sie dann alles tun? Das würde bestimmt schön werden. Erst spät am Abend trennten sie sich mit einer Umarmung vor dem Studio. Während Ramona zu Fuß nach Hause gehen konnte, musste Sonya noch ein ganzes Stück mit dem Auto fahren.

Lange kam Ramona vor Vorfreude nicht in den Schlaf. Viel zu lange hatte sie damit gewartet, diesen Ausflug zu machen. Sie dachte an den letzten Ausritt, den sie noch alleine gemacht hatte und wie frei, aber auch wie einsam, sie sich da gefühlt hatte. Dieser Ausflug würde viel schöner, viel interessanter werden, da sie mit ihrer Freundin unterwegs sein würde. Sie wälzte sich sicher zwei Stunden im Bett hin und her, bevor ihr dann endlich die Augen zu fielen. Aber auch im Traum holte sie der Ausritt wieder ein.

10. Kapitel

Noch ein Mann

Schon ein paar Stunden ritten sie nebeneinander her. Rodrigo verstand sich gut mit Lisa und das war die Hauptsache beim Ausritt. Am schlimmsten wäre es gewesen, wenn sich die beiden Pferde nicht leiden konnten, dann wäre ein gemeinsamer Ausritt praktisch unmöglich gewesen. Die beiden Frauen führten die Pferde so, wie sie es sich auf der Karte angesehen hatten. Nach einem Waldweg waren sie über ein Feld geritten und danach über eine Wiese.

Sie konnten sich über fast alles unterhalten, was ihnen beiden so auf den Herzen lag. Die Pferde würden sie nicht verraten und sonst war keine Menschenseele da, die sie belauschen konnte. So konnte auch Ramona von Achim erzählen. Im Stall wusste sie ja nie, ob er nicht doch gerade in der nächsten Box sauber machte und es vielleicht hören konnte. Das wäre ihr peinlich gewesen. Sonya erzählte aber nicht so viel, weder von ihrem Freund noch von ihrem Zuhause. Aber die Freundin wollte sie nicht bedrängen, irgendwann würde Sonya schon mal mit der Sprache rausrücken.

Hindernisse gab es keine, es sollte ja auch ein gemütlicher Sonnabend werden und kein Anstrengender. Gerade hatten sie die kleine Windmühle passiert, die an der Auffahrt zum Stall stand und dieser war schon in ein paar hundert Metern zu sehen. Als sie eine kleine Buschgruppe passieren mussten und plötzlich ein lauter Knall direkt neben ihnen zu hören war.

Rodrigo war von den vieren am meisten erschrocken und ging vorn hoch. Ramona konnte sich nicht mehr halten und flog nach hinten weg. Sie konnte wie in Zeitlupe sehen, wie sich das Pferd entfernte, Sonya die Zügel von Rodrigo griff und ihn beruhigte. Dann kam der Boden langsam hinter ihr näher, sie sah den Himmel mit den weißen Wolken über sich, dann schlug sie auf und es wurde schwarz.

Eine schaukelnde Bewegung riss sie zurück. Der Himmel war wieder über ihr, aber sie wurde getragen. Ein fremder Mann trug sie auf Armen und sie fühlte sich unendlich sicher und geborgen. So wie damals, als sie sich mit acht Jahren das Knie aufgeschlagen hatte und der Vater sie nach Hause trug. Der Mann hier war etwa zehn Jahre älter als sie und offensichtlich stark. Er trug sie sicher schon eine ganze Weile und es schien ihm nichts auszumachen.

Endlich erreichten sie das Haus neben dem Stall, wo der Mann sie auf einem Sofa im Zimmer des Nachtwächters ablegte. Ramonas Kopf brummte, aber sicher hatte der Helm das Schlimmste verhindert. „Und Rodrigo?" waren ihre ersten Worte. „Deinem Pferd geht es gut." sagte der Mann „Ein paar Kinder haben mit Knallkörpern rumgespielt." erklärte er weiter, dann kam eine Ärztin und untersuchte Ramona. Der Mann zog sich zurück, blieb aber im Zimmer.

„Nichts gebrochen. Nur ein paar blaue Flecke. Sie haben ganz schönes Glück gehabt." sagte die Frau zu Ramona und packte ihre Tasche wieder zusammen. Sonya kam in den Raum und setzte sich zu ihrer Freundin. „Alles gut. Ruhe dich aus. Ich schaue noch mal nach den Pferden." sagte sie und verschwand dann zusammen mit der Ärztin wieder. Der Mann war noch immer da. Besorgt schaute er zu Ramona, die gerade versuchte aufzustehen und noch etwas schwankte. Behutsam fing er sie auf. Das Gefühl der Geborgenheit war wieder in ihr. „Danke." sagte sie und gemeinsam verließen sie das Haus.

„Übrigens ich bin Siegfried. Oder Sigi, wie sie mich hier alle nennen. Mir gehören ein paar Pferde hier." „Ramona. Ich danke dir. Kann ich mich für deine Hilfe revanchieren?" fragte sie, doch er winkte ab. „Ich lade dich zum Essen ein. Heute Abend um acht im Apollo?" beharrte sie auf ihrer Meinung, der Mann nickte zustimmend und Ramona setzte sich in ihr Auto, zu dem er sie, untergehakt, geführt hatte. Beim Abfahren winkte sie ihm zu.

Die Zeit flog nur so davon. War es nicht gerade erst 15 Uhr gewesen und nun schon 18 Uhr, und immer noch nichts Passendes gefunden. Endlich, es war weit nach sieben Uhr abends, hatte sie das perfekte Kleid an. Zum Glück konnte sie bis zu dem Lokal in einer viertel Stunde zu Fuß gehen und so brach sie auf. Obwohl es noch nicht acht war wartete Sigi vor der Eingangstür, die er ihr aufhielt. Sein bewundernder Blick waren ihr Lohn für mehr als drei Stunden Schwerstarbeit in Bad und Kleiderschrank. „Das Lokal heißt so wie mein Pferd." sagte er lachend und zeigte auf das Schild über der Tür. Sie schmunzelte beim Betreten des Lokals darüber.

In einer Nische stand ein kleiner Tisch mit nur zwei Stühlen und dorthin setzten sie sich. Der

Mann war höflich und zuvorkommend. Sie erzählten, lachten und aßen. Sie fühlte sich wohl in seiner Gegenwart. Es war schon fast Mitternacht und damit Sonntag, als sie das Lokal verließen und Hand in Hand noch ein Stück am Fluss entlang gingen. Er zeigte auf ein Haus und sagte, wie zum Abschied, „Da wohne ich." dann küsste sie ihn einfach. Es wurde ein langer, leidenschaftlicher Kuss und dann nahm er sie in seine Arme und trug sie die Treppe hinauf. Wieder war diese Geborgenheit in ihr, wie schon am Nachmittag.

Als sie vor dem Bett stand zögerte sie für einen Moment, schließlich kannte sie ihn erst einen halben Tag, doch ihr Gefühl siegte. Wenig später lagen sie in inniger Vereinigung im Bett. Ein Kuss folgte dem nächsten. Schließlich sagte sie „Wenn man vom Pferd abgeworfen wird, sollte man schnell wieder aufsitzen." da Rodrigo aber gerade zum Reiten nicht da war, nahm sie Sigi dafür. Später schlief sie glücklich und entspannt in seinen Armen ein.

Sie wurde wach und sah ein etwa fünf Jahre altes Mädchen, im Schlafanzug mit einem Teddybär im Arm, vor sich stehen. Ramona machte Siegfried wach und der sagte „Das ist Lisa eine meiner Töchter. Meine Ex-Frau und ich, wir teilen uns das Sorgerecht für die Beiden. „Ich will keine neue Mama!" rief Lisa und sauste aus dem Zimmer. Eine Tür fiel knallend ins Schloss. Siegfried stand auf, zog sich an und wollte hinterher. „Wo ist dein Bad?" fragte Ramona ihn und er zeigte auf eine Tür, die sich gerade öffnete und ein etwa vierzehnjähriges Mädchen entließ „Und das ist Paula." sagte er und war verschwunden.

Ramona ging in das Bad und verschloss die Tür. Alles hatte er ihr am Abend wohl nicht verraten. Was war da noch? Ramona dachte daran, dass die Mädchen vermutlich nur ein Zimmer weiter gewesen waren und sie nicht die Tür des Schlafzimmers verschlossen hatten. Sie stand lange unter der Dusche und verabschiedete sich wenig später, noch vor dem Frühstück, von Sigi.

Der Abschiedskuss wurde von beiden Töchtern argwöhnisch und genau beobachtet.

11. Kapitel

Gewissensentscheidungen oder Gefühle?

Sie war hin und hergerissen von so vielen Gefühlen. Einerseits fühlte sie sich bei Sigi sehr geborgen, andererseits waren da seine beiden Töchter und Paula war gerade mal halb so alt wie sie. War sie schon bereit für eine Familie? Bisher hatte sie sich darüber, in Ermangelung eines männlichen Begleiters, keine Gedanken gemacht und nun gleich zwei Töchter auf einmal, praktisch über Nacht. Sie ging mit großen Schritten auf die dreißig zu und da würde sicher auch noch ein Kind kommen, aber jetzt? War sie schon so weit, Mutter zu sein? Paula würde sicher in zwei Jahren das Haus verlassen, aber Lisa wäre noch sehr lange da und sicher würde sie ja noch das eine oder andere Geschwisterchen bekommen. Das hoffte Ramona zumindest.

Sonya hörte ihr gern zu, aber so richtig eine Meinung dazu hatte sie auch nicht. Sie hatte darüber einfach auch noch nicht nachgedacht. Ramona hatte Sigi noch ein paar Mal getroffen, aber so richtig war der Funke der Liebe nicht übergesprungen und nur aus Dankbarkeit und

Geborgenheit zu bleiben fiel ihr schwer. Natürlich waren seine Berührungen und Zärtlichkeiten sehr schön gewesen, aber reichte das? War das genug für ein ganzes Leben? Konnte sie aber wirklich schon so weit voraus planen? Noch vor wenigen Wochen war sie verbittert und alleine gewesen. Und nun? Nun musste sie eine Entscheidung treffen!

Die Freundin war es auch, die Ramona daran erinnerte, dass Achim sicher schon wieder in der Stadt war. Die drei Wochen waren um. Aber wollte sie ihn wieder zurück haben? Vor kurzem war sie noch allein gewesen, und nun hatte sie, Peter mal ausgeklammert, von dem sie nichts wollte, zwei Männer zwischen denen sie sich entscheiden musste. Oder hatte sie sich schon entschieden?

Ihr Herz zog sie zu Achim, ihr Kopf ging zu Sigi und das drohte sie innerlich zu zerreißen.

Aber bevor sie eine Entscheidung treffen konnte, musste sie sich über Achim und seine Absichten im Klaren werden und das ging nur, wenn sie ihn zur Rede stellte und schaute, wie er so lebte. Bisher hatte sie es vermieden in die WG zu gehen, aus welchen Gründen auch immer. Vielleicht wollte sie ihm seine Freiheit geben, oder ihm nicht das Gefühl geben ihm hinterher zu spionieren. Seine Ausflüchte und Ausreden ließen sie aber nichts Gutes ahnen.

Nach der Arbeit machte sie sich auf den Weg zu dem Haus in dem seine WG war. Es lag von ihrem Haus genauso weit weg, wie das von Sigi, nur in die andere Richtung. So lebte sie praktisch genau zwischen den beiden Männern. Sozusagen zwischen zwei Stühlen. In einer wirklichen Dreiecksbeziehung, obwohl sie ja irgendwie mit keinem der beiden eine Beziehung hatte, zumindest nicht offiziell. Sie war immer noch Single. Das Haus hatte fünf Stockwerke und zwei Aufgänge. Zwanzig Wohnungen für hundert Studenten. Von hier aus waren die Hochschule oder die Mensa nur jeweils fünf Minuten zu Fuß entfernt.

Kleine Cafés, Supermärkte und Läden gab es, eben alles, was ein Studentenleben so angenehm machte. Der Fluss war auch in der Nähe und ein kleiner Park, in dem viele Studenten, sogar jetzt noch am Abend, mit ihren Büchern im Gras lagen und lernten. Einige Mädchen sogar im Bikini. Lernen und Sonnen in einem Rutsch. Ihr war schon klar, dass das jedem gefiel. Wollte Achim deshalb nicht hier weg?

Sie betrat den, ihr von den Beobachtungen aus dem Fitnessstudio bekannten, Hauseingang. Sie suchte an einer Tafel seinen Namen. Es standen nur die Anfangsbuchstaben des Vornamens und der Nachname dort. Auch ein großes A. Das konnte ja, wie sie befürchtet hatte, sowohl für Alexander, als auch für Alexandra stehen. Sie stieg in den vierten Stock und klingelte.

Ein junger, schlanker Mann mit langen blonden Haaren öffnete die Tür nach einer ganzen Weile. Er hatte einen freien Oberkörper und trug nur ein Handtuch um die Hüften. Vermutlich hatte er gerade geduscht. „Achim?" fragte Ramona und der Mann zeigte nach links „In der Küche." sagte er, ließ die Tür offen und verschwand im Flur. Ramona trat ein und schloss die Tür hinter sich. Sie sah dem Mann nach, der zu einer Zimmertür ging, aus welcher eine leicht bekleidete Frau heraus kam, ihn küsste und im Bad verschwand.

„Hier gibt es also doch Frauen!" dachte sich Ramona und wollte schon wieder gehen, doch dann hörte sie die Stimmen. Sie stellte sich in die Küchentür und sah, dass Achim, mit dem Rücken zu ihr, am Herd stand. Eine Frau saß am Tisch und putzte Gemüse. Sie sah auf und fragte „Wer bist du?" Achim drehte sich um und rief „Ramona!" für einen Moment sahen sie sich an und da war wieder das vertraute Gefühl in ihrem Bauch, doch erst sollte er ihr diese WG und die Frauen hier erklären. So hielt sie ihre Gefühle zurück und spielte die Kühle.

Offensichtlich hatte Achim dies verstanden, denn er kam auf sie zu und sie gingen zu seinem Zimmer. Auf dem Weg kam die Frau wieder aus der Dusche, nur in ein großes Duschtuch gehüllt. Achim sagte „Das ist Petra, die Frau von Alex." Sicher hatte er Ramonas Reaktion auf die halbnackte Frau bemerkt. Vermutlich war dann der Mann, der ihr vorhin die Tür geöffnet hatte, Alex gewesen.

Wenig später saßen sie in Achims Zimmer, dass nicht viel größer als Ramonas Besenkammer war. Ein Schrank, ein schmales Bett und ein Aktenstapel auf einem kleinen Tisch. Achim begann zu erzählen, wie es in London gewesen war und er erzählte, dass sie hier zwei Pärchen und zwei alleinstehende Männer waren. Alex machte die

Tür auf, ohne anzuklopfen, und sagte „Das Essen ist fertig." „Willst du auch?" fragte er Ramona und die nickte. Alex verschwand, ließ aber die Tür offen stehen.

Tellerklappern und Gespräche waren zu hören. Achim führe Ramona in die Küche, wo sie sich einen Platz suchten. Gemeinsam saßen sie danach um einen großen Topf Suppe und ein paar Pizzen herum.

Es wurde lang an diesen Abend und Ramona hatte sich mit Herz und Kopf für Achim entschieden.

Doch schon auf der Treppe hinunter zur Straße begann ihr Kopf zu Rebellieren. Er stellte ihr Gefühl infrage. Sie bummelte lange alleine am Fluss entlang, so als ob er ihr eine Antwort geben konnte. Schiffe, mit bunten Lichtern darauf, fuhren in den Hafen zurück und sie hörte Musik zu sich herüber wehen.

War Achim wirklich der Richtige, um eine Familie zu gründen?

12. Kapitel

Betrug!

Die Verbindung zwischen Sonya und Ramona war in den letzten Wochen immer enger geworden und neben Achim war sie die wichtigste Person für Ramona. Drei Mal in der Woche trafen sich die Freundinnen, drei Mal traf sie Achim und der Mittwoch war immer noch für Rodrigo reserviert. Trotz der Nähe der Freundin trafen sie sich nur entweder im Fitnessstudio ober bei Ramona. Nie waren sie zu Sonya gegangen. Sonya hatte es sogar vermieden ihr Zuhause auch nur irgendwie zu erwähnen.

Natürlich wusste Ramona etwas von der Familie der Freundin. Vom Pferd der Mutter und von Sonyas Schwester, aber nicht wirklich was diese machten oder so arbeiteten. Aber wenn jemand ein Pferd haben konnte, so war er sicher schon zu etwas Reichtum gekommen. Vielleicht wollte sie Freundin deshalb nichts dazu sagen, weil sie sich vor der Freundin dafür schämte.

So wunderte sich Ramona natürlich besonders, als Sonya sie zu ihrem Geburtstag einlud.

Eines Abends druckste sie zuerst lange herum, bevor sie ihr bei der Verabschiedung an der Wohnungstür einen Umschlag in die Hand drückte und sagte „Ich würde mich sehr freuen, wenn du kommen würdest." Die Adresse auf der Einladung war exklusiv, die Karte auf Büttenpapier mit Goldschrift. „Das ist mein 21. Geburtstag. Mein Vater hat gesagt, dann bin ich volljährig." sagte Sonya aufgeregt. Vorsichtig fragte Ramona, was sie dazu anziehen sollte. Für den nächsten Abend verabredeten sie sich daher dazu, dass sie in ein Shoppingcenter gehen würden.

Das Center lag etwas außerhalb der Stadt und daher fuhren sie direkt von der Arbeit aus dorthin. Es waren sicher hunderte, wenn nicht sogar tausende, Menschen dort drin und diese wimmelten umher. Sonya lief zielsicher durch die kleinen Gänge, vermutlich wusste sie schon, wo man die besten Sachen bekommen konnte. Wie ein kleines Hündchen lief Ramona ihr hinterher, hier führte mal die jüngere der beiden Freundinnen. Vor einem exklusiven Laden blieb Sonya stehen und schaute in das fragende Gesicht der Freundin. „Das wird bestimmt teuer werden!" dachte sich Ramona.

Es dauerte Stunden, bis die Tüten gefüllt waren und noch einmal ein paar Stunden, um alles in Ramonas Zimmer zu Kombinieren und vorzuführen. Es ging auf ein Uhr früh, als sich die beiden Freundinnen verabschiedeten, um dann nach ein paar Stunden Ruhe mit verschlafenen Augen auf Arbeit zu erscheinen.

Die Tage bis zum Wochenende, und damit bis zu der Feier, flogen dahin und Ramona überlegte, was sie der Freundin schenken sollte, doch ihr fiel nichts Gutes ein. In einem Onlineshop sah sie eine Reithose und bestellte sie per Blitzversand. Erst am Morgen vor der Feier wurde das Paket geliefert. Fast hätte sie mit leeren Händen zu Sonya gehen müssen, umso froher war sie nun, dass das Geschenk noch pünktlich angekommen war und nun von ihr noch schön verpackt werden konnte.

Sonya wohnte am anderen Ende der Stadt und Ramona wurde es immer komischer, als sie in die Straße einbog, die als Adresse angegeben war. Ihr kleines, altes Auto passte so gar nicht in diese feine Gegend aus lauter weißen Villen, in der ein Porsche gerade mal noch so als Fahrzeug ging. Eine Reihe aus großen Autos stand vor der Hausnummer und sie stellte sich in den Zwischenraum zwischen zwei Rolls-Royce Limousinen.

In ihrem leichten, weißen Sommerkleid, mit dem großen Hut auf dem Kopf, kam sie sich wie verkleidet vor und wenn sie an den Preis der Sachen dachte wurde ihr immer noch ganz anders. Sie ging die Auffahrt hinauf und das Haus wurde immer größer. Diener mit Uniform und weißen Handschuhen liefen herum und einer kontrollierte die Einladung. Sonya begrüßte die Freundin und sie freute sich über das Geschenk, das Ramona in Anbetracht des ganzen Glanzes hier so billig erschien. Überschwänglich erzählte sie der Freundin, dass ihre Mutter ihr Lisa zum Geburtstag geschenkt hatte. Ramona freute sich für die Freundin, die ja nun stolze Pferdebesitzerin war.

Sonya führte die Freundin durch das Haus. Ramona kam das wie ein Schloss vor und Sonya war die Prinzessin. So viel Prunk und Reichtum hatte sie von der Freundin nicht erwartet und nun konnte sie verstehen, warum Sonya nie viel von ihrer Familie erzählt hatte. Das hier konnte man nicht verstehen, wenn man für sein Geld arbeiten musste, so wie Ramona. Es war alles wie in einem Märchen und nun kam sie sich nicht nur verkleidet vor, sondern auch noch etwa hundert Jahre in der Zeit zurückversetzt.

In einem großen Saal trafen sich alle an einer Tafel. Ramona schaute sich noch etwas um, als sie ein paar Fotos auf einem Tisch neben dem Kamin stehen sah. Sonya kam zu ihr und versuchte eines der Bilder schnell zu verstecken, doch Ramona hatte es schon erkannt „Herr Johan? Unser Chef?" fragte sie und Sonya nickte „Und mein Vater." setzte sie hinzu „Meine Eltern haben sich getrennt und ich habe den Namen meiner Mutter bekommen. Meine Schwester Regina, die gerade in England studiert, den von meinem Vater. Trennungsfamilien eben." dabei zeigte sie ein altes Familienfoto mit ihnen allen darauf.

Das Essen wurde gebracht und alle setzten sich. Ramona saß zwischen ein paar alten Tanten von Sonya, mit denen sie sich blendend unterhielt. Zwischen dem Zweitem und dem drittem Gang kam ein Mann in den Raum und küsste Sonya. Sie stellte ihn allen als ihren Freund vor, doch Ramona hatte Peter sofort wieder erkannt und er sie offensichtlich auch. Den ganzen Rest des Essens blickte er zu ihr und hatte irgendwie die Farbe aus dem Gesicht verloren.

Nach dem Essen ging Ramona auf die Terrasse hinaus. Diese war im Moment noch leer, da sich alle noch in dem großen Saal befanden. Eine Kapelle spielte ein paar Lieder und die Musik zog durch die offene Tür in den Garten hinaus.

Nach dem Auftauchen von Peter bei dieser Feier brauchte Ramona erst mal frische Luft. Sie lehnte sich an ein Geländer, als sie plötzlich hinter sich eine Stimme hörte „Bitte erzähle Sonya nichts." sie fuhr herum und sah Peter an. Bisher hatte sie mit dem Kapitel abgeschlossen und die Nacht schon fast vergessen, doch nun war das ganz anders.

Bevor Ramona irgendetwas antworten konnte fragte Sonya, die hinter ihm in der offenen Terrassentür stand, „Was sollst du mir nicht sagen?" Peter fuhr erschrocken herum und sie erzählte alles, was sie von der Nacht und dem Morgen danach noch wusste, dann rannte Ramona durch den Garten weg.

Mit Tränen in den Augen stieg sie in ihr Auto.

13. Kapitel

Entscheidungen

Sie hatte einen langen Weg genommen mit vielen Umwegen und unterwegs auf einem einsamen Parkplatz, mitten in einem kleinen Waldstück, einen Heulkrampf bekommen. Sie fühlte sich betrogen und dabei war es doch Peter, der Sonya mit ihr betrogen hatte. Doch sie wusste noch, wie sich das anfühlte. Nun wollte sie unbedingt dafür sorgen, dass ihr das mit Achim nicht noch einmal passierte. Die Besuche im Fitnessstudio waren zwar Geschichte, aber nun besuchte sie ihn oft in der WG. Das war eben auch so eine Art von Kontrolle.

Da sein Zimmer für zwei einfach viel zu klein war, blieben sie meist in der Küche, dem einzigen Gemeinschaftsraum der WG. Dort trafen sich alle und so schloss sie dort Freundschaft mit Petra, Andrea, Alex, Andreas und Gernot. Alle aus der WG akzeptierten sie, obwohl, oder gerade weil, sie die Älteste in der Runde war. Sie wurde für die beiden Frauen so etwas wie eine mütterliche Freundin. Aber je mehr sie sich mit allen anfreundete, umso schwerer wurde es Achim dort heraus zu reißen. Konnte sie das? Wollte sie das? Und wollte er das?

Ramona zog sich am Wochenende zum Nachdenken zurück. Sie musste eine Entscheidung treffen. Sie dachte wieder an Sigis kleine Tochter und daran, dass sie auch gern Kinder haben möchte und dafür war im Moment Achim die einzige Wahl. Oder etwa nicht? In eine Decke eingehüllt mit einem Tee in der Hand dachte sie nach. Sigi fiel ihr wieder ein und sie wählte seine Nummer.

Keine Stunde später saßen sie zusammen auf dem Sofa in Ramonas Wohnung. Sie redeten zuerst über die Pferde und dann über seine Familie. Es wurde ein langer Nachmittag und sie stellte fest, wie viel sie gemeinsam hatten. Wünsche, Pläne und Lebenseinstellungen schienen fast perfekt zusammen zu passen. Zu perfekt? Ihr Kopf übernahm die Kontrolle und die Gefühle wurden von ihr vollkommen verdrängt. Nun war es also wieder Sigi, an den sie sich heftete. Von ihm hoffte sie nun nie betrogen zu werden. Achim in seiner WG war für sie wieder abgemeldet. Schon wieder mal!

Da Sigis Kinder bei seiner ehemaligen Frau waren, hatte er für Ramona an diesem Tag viel Zeit und sie staunte über sein Einfühlungsvermögen, aber das musste er sicher als Vater von zwei Töchtern auch haben. Es wurde sehr spät an diesem Abend und gerade in dem Moment, wo Sigi gehen wollte, und sie im Zimmer voreinander standen, setzte draußen ein heftiges Sommergewitter ein. Mit dem ersten Blitz warf sie sich in seine Arme. Mit einem langen Kuss nahm er ihr die erste Angst.

Im Aufleuchten der Blitze liebten sie sich leidenschaftlich und sie war sich sicher, die richtige Entscheidung für die Zukunft getroffen zu haben.

Am nächsten Morgen verabschiedete sie sich an der Haustür und verabredeten sich für den Abend bei Sigi. Seine Töchter würden dann auch da sein und vielleicht lief es ja diesmal besser mit ihr und Lisa, als beim letzten Mal. Aber konnte man es einer fünfjährigen verdenken so geschockt zu reagieren, die gerade eine fremde nackte Frau im Bett des Vaters gefunden hatte?

Auf dem Weg zur Arbeit hielt sie bei einem Bäcker und kaufte Kuchen. Es waren so viele

Stücke, dass jeder im Büro sicher fünf davon essen konnte. Diesmal war Ramona auch nicht die Erste in dem Zimmer. Eine andere Frau half ihr den Kuchen für das Frühstück aufzuschneiden.

Nun versuchte sie, so gut sie es konnte, sich mit den Frauen anzufreunden. Mancher Scherz flog hin und her und das Arbeiten machte so richtigen Spaß an diesem Tag. So sollte es nun für immer sein, nahm sie sich vor. Nach der Arbeit kaufte sie eine Puppe für Lisa und ein T-Shirt einer angesagten Boygroup für Paula. Mit einem mulmigen Gefühl im Bauch machte sie sich auf den Weg, doch beide Geschenke waren richtig gewesen und trafen den Geschmack der Mädchen. Viel freundlicher nahmen die Beiden sie auf. Lag das nun an den Geschenken? Sie wollte sich das Vertrauen der beiden ja nicht erkaufen, sondern verdienen.

In dieser Woche war sie jeden Abend bei Sigi. Am Mittwoch waren sie alle zusammen im Stall und Lisa stellte Ramona ihr Pony vor. Natürlich hatte sie das kleine Pferd schon oft gesehen, wenn es mit den anderen auf der Weide stand und nun wusste sie auch, wem es gehörte. Sie sah das Glück in Lisas Augen, als diese das Pony umarmte. Das Verhältnis zu den beiden Mädchen wurde langsam besser, aber in demselben Maße wuchsen wieder Ramonas Zweifel.

Hatte sie die richtige Entscheidung getroffen? War sie nun ein Teil dieser Familie, oder wollte sie lieber eine eigene? Konnte man sich einfach so in eine andere Familie einschleichen? Jedes Mal, wenn sie Lisa sah, zog es in ihrem Bauch und sie hätte so gern mit Sigi darüber geredet, traute sich aber nicht. Warum hatte sie auf einmal diese Scheu? Was hinderte sie daran, ihn einfach zu fragen?

Als sie sich selbst eines Abends alleine in ihrer Wohnung mit sauren Gurken und Schokolade auf dem Sofa vorfand, ging sie in eine Spätapotheke, um einen Schwangerschaftstest zu holen. Eigentlich war ihr das Ergebnis schon im Vorhinein klar und sie hätte das Geld auch sparen können, doch nun wusste sie es blau auf weiß. Nun musste sie dringend mit Sigi darüber reden.

Vorsichtig tastete sie sich am Sonnabend, als er wieder bei ihr und die Kinder bei seiner Ex-Frau waren, an ihn heran, wie er zu einem weiteren Kind stand. Doch er erklärte ihr, dass er nach einer Infektion, die er sich vor drei Jahren, als er als Bauingenieur irgendwo in den Tropen gearbeitet hatte, zugezogen hatte, keine Kinder mehr zeugen konnte. Nun war es Ramona klar und jemand anderes, ein kleines Wesen in ihr, hatte eine Entscheidung getroffen. Da Sigi ja nicht der Vater sein konnte, zog sich Ramona von ihm und dessen Familie zurück. Ihr tat es leid, dass er nun denken musste, dass es wegen des unerfüllten Kinderwunsches sein konnte, doch sie konnte ihm ja schlecht die Wahrheit sagen.

Was würde Achim zu seiner neuen Rolle als Vater sagen? Noch war er ja Student und hatte kein Geld. Ramona beschloss es erst mal für sich zu behalten. Wieder zog sie sich zurück und dachte daran, was alles in den letzten Wochen so passiert war.

14. Kapitel

Immer noch Freundinnen?

Zwei Wochen war die Geburtstagsfeier her und in dieser Zeit hatte Sonya Urlaub gehabt. Nun würde sie wieder auf Arbeit kommen und Ramona hatte sie die ganze Zeit nicht gesehen. Wie würde sie reagieren? Eigentlich konnte ja nur Peter etwas dafür, aber sie wusste, wie es sich als Betrogene anfühlte. Bei ihr hatte es fünf Jahre gedauert, bis sie wieder zu jemanden Vertrauen fassen konnte.

An dem Morgen war sie wieder die Erste im Büro. Später kam die Freundin dazu, doch Sonya arbeite stumm neben ihr her. Ramona konnte es nicht erwarten, dass es Mittag wurde und die andern Frauen das Büro verlassen würden, schließlich wollte sie ja keine Ohrenzeugen bei der Aussprache haben. Endlich war es soweit und sie versuchte mit Sonya zu sprechen, doch es dauerte eine Weile, bis diese antwortete.

„Ich habe mich von Peter getrennt, aber ich kann mir nicht vorstellen, dass du wirklich nichts mehr weißt von dieser Nacht. Das geht doch gar nicht, dass man mit jemanden ins Bett steigt und rein gar nichts mehr davon in der Erinnerung hat." begann Sonya und Ramona versuchte ihr noch einmal zu erklären, wie es wohl dazu gekommen war. Vom Sport, von der Enttäuschung mit Achim, dem Alkohol und immer wieder von vorn, doch Sonya ließ sich nicht beirren und blieb bei ihrer Meinung.

„Können wir noch Freundinnen sein?" fragte Ramona fast bittend, doch Sonya antwortete ihr nur kühl „Das kann ich dir im Moment nicht sagen. Ich weiß nur, dass ich jedes Mal, wenn ich dich ansehe, daran denken muss, dass wir zwei mit demselben Mann geschlafen haben. Du konntest sicher nichts dafür, auch wenn ich dir deine Geschichte nicht glaube, doch du wusstest ja nichts von Peter und mir. Ich mache Peter den Vorwurf, denn er wusste es und er kann sich nicht mit dem Alkohol heraus reden. Ich kenne ihn, wenn er zu viel getrunken hat, dann läuft nichts im Bett. Also war er wohl ziemlich nüchtern."

„Das muss ich erst mal akzeptieren." antwortete Ramona zerknirscht, „Aber bitte gib unserer Freundschaft noch eine Chance." setzte sie fort und sah Sonya fast flehend an. Die nickte aber nur und im selben Moment kamen die anderen

Frauen aus der Mittagspause zurück. Den Rest des Tages arbeiteten sie weiter stumm nebeneinander her.

Ohne ein Wort gingen sie am Abend, nach der Arbeit, auseinander und Ramona sah der Freundin noch lange nach. Sie stand neben ihrem Auto auf dem Parkplatz der Firma und hatte Tränen in den Augen. War nun wirklich alles aus? Oder brauchte Sonya nur etwas Zeit, um den Schmerz zu verarbeiten? Aber wie viel? Bei ihr hatte es fünf Jahre gedauert und sie hatte nicht mit der Bekanntschaft ihres Freundes zusammen an einem Tisch arbeiten müssen. Irgendwie konnte sie Sonya verstehen.

Sie setzte sich in das Auto und wischte sich die Tränen fort. Beim Blick in den Spiegel sah sie wieder eine verheulte Ramona an, mit verlaufenen Liedschatten. Mit einem Taschentuch wischte sie sich die Augen trocken, dann ließ sie das Auto an. Unterwegs hielt sie im Supermarkt und holte sich ihre alt bewährten „Seelentröster". Schwer beladen war sie wenig später wieder in ihrer Wohnung.

Sie legte sich mit einer Packung Taschentüchern und einer riesigen Schüssel Schokopudding auf das Sofa und dachte über ihr ganzes Leben nach. Noch vor wenigen Wochen war sie ganz alleine gewesen und hatte jeden Abend geheult. Und nun? War es nicht fast genauso? Löffel um Löffel des Puddings fand seinen Weg und immer mehr heulte sie. Zu Sigi konnte sie nicht, der würde in einigen Wochen merken, dass sie ihn mit jemanden anders betrogen hatte, Sonya wollte im Moment nichts mehr von ihr, was sie ja auch irgendwie verstehen konnte, zu Rodrigo konnte sie im Moment, wegen des Kindes, das in ihr heranwuchs auch nicht, zumindest nicht zum Reiten, und Achim?

Was war eigentlich mit Achim? Bisher hatte sie ihm nichts gesagt und sich nur zurückgezogen. Aber der Mann hatte ihr auch nicht das Gefühl gegeben, dass er es wirklich ernst mit ihr meinte. Sie starrte auf das Display ihres Telefons. Kein Anruf von ihm, nichts. „Der Mistkerl." schimpfte sie und mit einem Mal wollte der Pudding nicht mehr in ihr bleiben. Sie schaffte es gerade so bis ins Bad, wo sie sich immer und immer wieder übergeben musste, bis der ganze schöne „Seelentröster" den Weg aller Speisen gegangen war, nur eben mit einer Abkürzung.

Sie saß vor dem Toilettenbecken und heulte immer weiter. „Ich bin so blöd!" rief sie und schlurfte in ihr Schlafzimmer. Drehte aber kurz vorher wieder um und ging erst mal unter die Dusche. Wenig später lag sie im Bett, aber ihre Tränen durchnässten nun das Kissen. „Morgen gehe ich zu Achim!" sagte sie sich fast verzweifelt und mit diesem Gedanken schlief sie endlich ein.

Am nächsten Abend stand sie vor dem Haus der Studenten, aber es war merkwürdig ruhig. Nur ein paar wenige Männer und Frauen betraten oder verließen das Gebäude. Das sonst übliche Gewimmel am Abend fehlte. Sie klopfte an der Tür der WG und nach einer ganzen Weile öffnete Alex und sah sie mit fragenden Augen an. „Ist Achim da?" fragte sie doch der Mann schüttelte den Kopf „Semesterferien." sagte er nur und zeigte auf die Koffer, die hinter ihm standen „Er ist schon gestern Abend zu seinen Eltern gefahren. Irgendetwas in der Familie." setzte Alex fort.

Ramona drehte sich um und wollte gerade gehen, da rief er noch „Warte" und drückte ihr einen Brief in die Hand „Ich sollte ihn noch heute Abend zu dir bringen, aber da du ja nun schon mal da bist." Dankbar nickte Ramona und ging zurück in ihre Wohnung. Den Brief trug sie wie einen kostbaren Schatz vor sich her. Was würde wohl darin stehen? Und warum hatte er ihn nicht selbst zu ihr gebracht, Oder angerufen? Sie traute sich gar nicht dem Umschlag zu öffnen. Für sicher eine Stunde saß sie auf dem Sofa und starrte den Brief vor sich an, bevor sie ihn öffnen konnte.

Achim erklärte ihr, dass sein Vater überraschend erkrankt war, und dass er ihm helfen musste. Er schrieb auch, dass er sie als Freundin behalten wollte. Sie sah von den Zeilen auf. Nur als Freundin? Sie hatte sich von ihm mehr erhofft.

15. Kapitel

Die neue Chefin

Es waren nun auch schon wieder zwei Wochen her, dass Achim in den Semesterferien war. Die ganze Zeit hatte er nicht einmal versucht sie zu erreichen und irgendwie hatte sie sich schon damit abgefunden. Im Moment ging es ihr schlechter als die fünf Jahre zuvor. Da hatte sie nicht gewusst, wie schön es war zu lieben und geliebt zu werden.

Und da hatte sie auch nicht gewusst, wie es war einen Freundin zu haben. Nun da sie das alles wusste, wurde es ihr wieder genommen. Praktisch von einem Tag auf den Anderen war sie wieder allein. Sie ertappte sich dabei, dass sie begann wieder eine Rolle zu spielen. Diesmal aber die betont lustige und auch das gefiel ihr nicht. Konnte man nicht immer so sein, wie man sich gerade fühlte?

Wenn es einem nicht gut ging, so konnte man das doch auch zeigen! Sie nahm sich vor, sich nie mehr zu verstellen und lebte einfach so, wie sie es für richtig erachtete.

Eines Morgens hing ein Zettel am großen Aushang im Betrieb, der für den Nachmittag, kurz vor Feierabend, eine Betriebsversammlung in die Produktionshalle einberief. Die wildesten Gerüchte machten an diesem Tag die Runde und es wurde getuschelt, aber niemand wusste etwas Konkretes. Sonya wollte sie nicht fragen, das Verhältnis zu der ehemaligen Freundin war immer noch Eisig, hatte sich aber schon etwas gebessert.

Sie sprachen zumindest wieder miteinander. Kurz vor Feierabend gingen die Frauen in die Halle hinunter. Hier waren sie nicht so oft, die Produktionshalle war Ramona einfach zu schmutzig und mit den Männern dort hatte sie nicht wirklich viel zu tun. Die anderen Frauen aus dem Büro kannten den einen oder anderen der Männer von den Raucherpausen und begrüßten sich. Es waren einige Bänke aufgestellt und die meisten Angestellten waren schon anwesend.

Nach ein paar Minuten kam ihr Chef und begann seine Ansprache, die mit den Worten endete „und darum übergebe ich zum Ende des Jahres meinen Posten in der Firma an meinen Nachfolger." Für einen Moment herrschte betretenes Schweigen. Was würde das für jeden von ihnen bedeuten? Dann setzte Herr Johan fort „Oder besser: an meine Nachfolgerin. Meine Tochter Frau Müller, die ihr ja alle schon kennt, wird meinen Posten hier in der Firma übernehmen. Komm bitte nach vorn."

Sonya schien selbst ein wenig überrascht zu sein, als sie nach vorn ging und sich neben ihren Vater stellte „Ich hoffe, ich kann das alles so weiter führen, wie es mein Vater aufgebaut hat und dabei bitte ich um eure Hilfe." sagte sie und Herr Johan setzte dazu „Das hoffe ich auch und ich werde dann endlich in Ruhe Angeln gehen können." Einige der Männer, die ihn sehr gut kannten, lachten.

Langsam gingen alle zu den Ausgängen, nur Ramona blieb sitzen. Die Freundin, oder besser Ex-Freundin, war nun ihre Chefin. Was würde das für sie bedeuten? Sollte sie lieber freiwillig kündigen, bevor Sonya sie entließ? Sie saß immer noch, als der Nachtwächter die Halle verschließen wollte und ging dann langsam zu ihrem Auto nach draußen. Das war mit Abstand ihr bisher unglücklichster Tag und sie wusste nicht, wie sie es schaffen sollte am nächsten Morgen wieder hier her zu fahren. Am Auto drehte sie sich um und schaute auf das Betriebsgebäude zurück.

Während sie sich umdrehte knickten ihr die Beine weg und sie rutschte in sich zusammen. Der Hausmeister, der gerade über den Platz lief bemerkte es und rannte schnell zu ihr, konnte aber ihren Sturz nicht mehr verhindern. Wenig später lag sie auf einer Trage in einem Krankenwagen und wurde zur Untersuchung in die nahe gelegene Klinik gebracht. Aber es war wohl nur ein kleiner Schwächeanfall. Sie hatte viel zu lange versucht für alle Stark zu sein.

Nur eine Nacht war sie zur Beobachtung im Krankenhaus gewesen und nun stand sie wieder vor der Frage: Bleiben oder Gehen? Das Taxi hatte sie vor ihrem Auto abgesetzt und nun stand sie auf dem Parkplatz, mitten am Tag und überlegte immer noch, ob sie kündigen oder bleiben sollte. Eigentlich mochte sie diesen Job und so beschloss sie zu warten, was sich ergeben würde.

Obwohl es schon fast Mittag war ging sie dennoch in ihr Büro. Sie setzte sich zu den anderen, so als ob nichts gewesen war und arbeitet den ganzen Tag durch. Sonya war nicht mehr da, aber die würde nun sicher auch von ihrem Vater in die Leitung der Firma eingewiesen werden. Sie hatte ja im Praktikum alle Positionen durchlaufen, die es so hier gab. Sozusagen Inkognito, ohne dass jemand, außer Ramona, wusste, wer sie war.

Am nächsten Morgen kam Sonya ganz früh, noch vor den anderen Kolleginnen, zu Ramona in das Büro. Für einen Moment wusste sie nicht, wie sie anfangen sollte, bis es einfach aus ihr heraus platzte „Ich möchte mich bei dir entschuldigen." sagte sie und Ramona machte große Augen „Sollte ich das nicht sagen?" fragte sie die Freundin, die noch immer Händeringend vor ihr stand. Sonya schüttelte den Kopf „Nein, ich hätte dir glauben sollen. Die Polizei hat Peter letzte Nacht verhaftet. Er hatte einer Frau in der Disco KO Tropfen in ein Getränk gegeben, einer der anderen Gäste hatte es gesehen und die Polizei verständigt. Die hat ihn dann auf frischer Tat in einem Park geschnappt. Ich hätte dir von Anfang an glauben sollten. Bitte verzeih mir." endete sie.

„Das Schwein!" sagte Ramona und schüttelte sich. „Ich gehe heute Abend gleich zur Polizei und mache eine Anzeige. Möchtest du mich begleiten?" fragte sie Sonya und die nickte zur Bestätigung. Ramona stand auf und sagte „Bitte las uns wieder Freundinnen sein." und Sonya umarmte sie.

Erst nachdem Sonya gegangen war, wurde Ramona das Ganze so richtig klar. Bis gerade eben hatte sie sich die Schuld gegeben, sie hatte sich Vorwürfe gemacht und immer wieder gefragt, wie ihr so etwas passieren konnte. Nun wusste sie, dass sie gar keine Chance gehabt hatte, außer vielleicht, dass Getränk des fremden Mannes abzulehnen.

Sie stützte den Kopf in die Hände und dachte nach, natürlich freute sie sich, dass sie und Sonya jetzt wieder Freundinnen waren, aber gleichzeitig dachte sie an all die Frauen, denen Peter vielleicht das Gleiche angetan hatte wie ihr.

16. Kapitel

Noch eine Chance?

Wiederum waren zwei Wochen vergangen und Sonya war wieder fast jeden Tag bei Ramona zu Besuch. Sie hatte der Freundin auch von ihrer Schwangerschaft erzählt und natürlich hatte sich Sonya mit und für die Freundin gefreut. Der Sport war nun leider für Ramona tabu, aber auch so hatten sie gute Gespräche. Sie trafen sich nun in der Firma nicht mehr so oft, dafür jeden Abend bei Ramona zuhause.

Mitten in einem dieser Gespräche klingelte das Telefon, das Ramona auf dem Tisch liegen hatte. Sie sah eine ihr unbekannte Nummer und wunderte sich, wer sie wohl so spät noch anrufen würde. Als sie abnahm meldete sich Achim. Verwundert konnte sie für einen Moment nichts antworten und er fragte „Bist du noch dran?" schließlich fand sie zu einem „Ja." und er begann zu erzählen, von seinen Eltern und von dem, wie er sich sein Leben vorstellte. Sie hörte bis zu Ende zu und sagte dann „Komm so schnell es geht her und wir reden miteinander." Er stimmte zu und wünschte ihr noch einen schönen Abend.

Noch eine ganze Weile starrte sie auf das langsam verlöschende Display und sah dann ihre Freundin an. Gab es da vielleicht doch noch Hoffnung? Sie wünschte es sich so sehr und konnte es kaum erwarten, bis Achim am Wochenende wieder zurück sein würde.

Als er dann am Sonnabend vor dem Mittag endlich vor ihrer Tür stand musste sie sich beherrschen, ihm nicht gleich um den Hals zu fallen, schließlich wollte sie ja vorsichtig zu Werke gehen und ihn nicht wieder vertreiben. Aber konnte sie das wirklich? Sie hatte extra etwas weitere Sachen angezogen, denn der kleine Bauch war in engen Sachen schon deutlich zu sehen.

Wenig später saßen sie auf dem Sofa und unterhielten sich. Eigentlich erzählte nur Achim und sie hörte einfach zu, genauso, wie schon am Telefon. Als er eine Pause macht und sie ansah brach es aus ihr heraus, ohne dass sie es irgendwie wollte. Nur ihr Gefühl sprach für einen Moment. „Ich möchte mit dir zusammen einschlafen und auch mit dir zusammen aufwachen. Dieses aus der Wohnung schleichen in der Nacht ist nicht mehr dass, was ich mag. Kannst du mich verstehen?" er nickte und sie setzte fort „Ich möchte dich an meiner Seite haben. Für heute, für morgen, für immer!"

Betreten sah er sie an. So hatte er das wohl noch nicht gesehen und nun schwiegen sie beide für einen Moment. „Ich will dich ja nicht aus deiner WG heraus reißen." begann sie „Aber ich möchte dich unbedingt bei mir haben." Sie fasste sich ein Herz und zog das Hemd so weit nach oben, dass er ihren Bauch sehen konnte, dann sagte sie noch dazu „Wir möchten dich hier haben." Für einen Moment war Achim überrascht, doch dann freute er sich über die Nachricht. Zärtlich strich er über ihren Bauch. Sie küssten sich und sie legte ihren Kopf an seine Schulter.

Aneinander gekuschelt blieben sie für den Rest des Abends einfach so sitzen. Ramona durfte keinen Schritt mehr machen und am Ende des Abends gingen sie gemeinsam in das große Bett. So wie sie es sich gewünscht hatte schliefen sie zusammen ein und wachten auch gemeinsam auf. Auch den ganzen Sonntag blieben sie in der Wohnung und auch dieses Mal brachte er ihr alles zum Sofa, er war so fürsorglich, dass es ihr schon fast Angst wurde. Aber sie genoss seine Aufmerksamkeit.

Am Abend sagte sie mit einem Augenzwinkern „Ich habe mal nachgerechnet. Erinnerst du dich an unseren Abend im Stroh?" Er nickte und sie lächelte ihn an. Er legte seine Hand auf ihren Bauch und fragte „War das an diesem Abend." Und sie nickte nur glücklich.

In der Nacht kam sie erst sehr spät in den Schlaf. Sie sah den schlafenden Mann neben sich an. Wo waren all seine Ausflüchte und Ausreden hin, mit denen er noch vor ein paar Wochen versucht hatte sie irgendwie auf Abstand zu halten? Hier neben ihr schnarchte ein ganz anderer Achim als der, der noch vor ein paar Tagen in die Semesterferien gefahren war. Irgendetwas war dort passiert, mit seiner Familie, mit ihm. Sie hatte sich nicht getraut ihn so direkt darauf anzusprechen, aus Angst ihn damit zu verschrecken, doch sie würde sicher noch einmal darauf zu sprechen kommen.

Vom nächsten Morgen an gingen sie immer zusammen aus dem Haus, Ramona fuhr zu ihrer Arbeit und Achim ging, die Tasche in der Hand, über seine WG zu seinen Vorlesungen. Noch in dem nächsten Jahr würde er seinen Abschluss in der Hochschule machen. Drei Mal in der Woche traf sich Ramona nun wieder mit Sonya zum

Sport, allerdings nur zur Sauna und zum Schwimmen im Fitnessstudio. Manchmal fühlte sich Ramona wie ein Wal in dem Becken und das, obwohl sie gerade mal Anfang des vierten Monats war. Das würde sicher noch mehr werden.

Rodrigo wurde nun von einer jungen Frau betreut, aber noch immer besuchte Ramona das Tier im Stall. Ihr fehlte das Reiten mit dem Pferd und manchmal beneidete sie Anita, die nun jeden Mittwoch mit ihm auf der Koppel war. In der Firma arbeitete Ramona nun wieder alleine und sie hielt ihre Freundschaft zu Sonya geheim. Schließlich wollte sie nicht, dass die anderen denken würden, dass sie sich bei ihrer Chefin anbiedern würde.

Achim kam eines Abends freudestrahlend nach Hause und erklärte ihr, dass er das Praktikum in der Nähe machen konnte und der Tierarzt, der auch den Stall betreute, einen Nachfolger suchte und er gern die Praxis des alten Mannes übernehmen würde. Sonya bot ihm von sich aus einen Kredit an, so dass dies sicher klappen würde. Nachdem Sonya sie verlassen hatte versuchte Ramona das Gespräch noch einmal auf Achims Familie zurück zu bringen. Sie war viel zu neugierig, um damit auch nur noch einen Tag warten zu können.

Zuerst versuchte er ihr auszuweichen, dann brachte er ihr einen Tee und sie setzten sich zusammen auf das Sofa. Nur langsam fand er die Worte, durch die sein Kummer durchschien. Sein Vater hatte einen Schlaganfall erlitten und nun lag er nur noch im Bett. Er hatte nur seine Mutter zu trösten versucht, aber so richtig war ihm das nicht gelungen. Erst dort, am Krankenbett seines Vaters, hatte er erkannt, was er wirklich für Ramona fühlte und das er immer in ihrer Nähe sein wollte. Keine Minute mit ihr wollte er nun verpassen. Sie schwieg und gab ihm einen Kuss.

17. Kapitel

Pferdeliebe

Es war wieder mal Mittwochabend und Ramona wartete im Stall auf Anita und Rodrigo. Sie liebte es immer noch in der Nähe des Pferdes zu sein, auch wenn sie sich nicht mehr traute auf das Pferd zu steigen. Sie setzte sich in der Sattelkammer auf einen der Hocker und wartete dort. So konnte die Frau den Gang entlang zu den Boxen sehen und vermisste Achim, der jetzt viel mehr in der Hochschule war und abends auch noch zuhause lernen musste. Daher hatte er kaum noch Zeit für die Arbeit im Stall.

Sonya kam mit ihrem Pferd Lisa von der Koppel in den Stall herein und blieb an der Kammer stehen. Ramona stand von der Bank auf, trat an sie heran und streichelte das Pferd. In diesem Moment kam auch Rodrigo mit seiner Reiterin durch das Tor. Beide Pferde blieben nebeneinander stehen. Plötzlich hatte Ramona eine Idee „Wäre es nicht schön, wenn die Beiden ein Fohlen hätten?" fragte sie Sonya und die schaute ihre Freundin fragend an „Ja, schön wäre es schon, aber Rodrigo gehört dir doch nicht."

„Und wenn ich mit Jette rede?" fragte Ramona und streichelte dem Hengst über den Kopf „Du meinst das wirklich ernst. Oder?" stellte Sonya fest. Die Freundin nickte und beide Pferde wurden in die Boxen gebracht. Fast im selben Moment wählte Ramona schon die Nummer von Jette und versuchte die Frau von ihrer Idee zu begeistern. Schließlich stimmte Jette zu, nun blieb nur noch Sonya zu überzeugen.

Ramona ging zu Lisas Box und lehnte sich an das Tor. Die Freundin drehte sich mit der Striegelbürste in der Hand um und sagte „Jette hat zugestimmt. Oder?" Ramona nickte. „In der nächsten Woche wird Lisa rossig sein. Dann können wir ja mal sehen, was das bei den beiden wird." dann machte Sonya weiter und Ramona ging zu Rodrigo zurück. Sie sah dem Hengst in die Augen und er nickte mit dem Kopf, so als ob er ihrem Plan zustimmte.

Eine Woche später war es dann soweit. Sie brachten Rodrigo in Lisas Box und da sich die beiden Pferde kannten und mochten ging alles ganz schnell. Wenig später standen zwei glückliche Pferde in den Boxen und man würde ein Jahr warten müssen, was daraus so werden würde.

An diesem Abend war auch Achim mit im Stall gewesen und während alle anderen langsam das Gebäude verließen zog er seine Ramona in das Strohlager. Er kniete sich vor sie hin und holte eine kleine Schachtel aus der Hosentasche. Noch bevor sie irgendetwas sagen konnte klappte er die Schachtel auf und nahm einen kleinen Ring heraus. Er begann „Hier, wo alles mit uns angefangen hat, möchte ich dich fragen, ob du meine Frau werden willst." Für einen Moment konnte Ramona nichts sagen, sie nickte nur und dann kam doch ein lautes „Ja." Über ihre Lippen.

Achim steckte ihr den Ring an, stand auf und küsste sie. „Wir sind wieder im Strohlager." sagte sie mit einem Augenzwinkern und er verschloss schnell die Tür.

Auf der Arbeit am nächsten Morgen trug sie voller Stolz den Ring und alle Frauen aus dem Büro beglückwünschten sie. Schon lange hatte sie nun auch Freundschaften zu den anderen Frauen geschlossen und das, wo sie diese doch noch vor ein paar Monaten gar nicht leiden konnte. Doch so ist das oft im Leben: Wenn man sich selbst ändert, so ändert sich alles um einen herum. Und Ramona hatte sie sehr stark verändert.

Sie war glücklich und hatte viele Freunde. Nur dass sie im Moment nicht mehr reiten konnte machte ihr zu schaffen. Aber dafür war sie trotzdem so oft es ging in dem Stall am Rande der Stadt. Manchmal streichelte sie Lisa oder schaute bei Rodrigo vorbei. Sie stand an der Koppel wenn Anita oder Sonya über den Platz ritten und manchmal beneidete sie die Freundin, doch dann wusste sie auch sofort wieder, dass sie ja in ein paar Monaten auch wieder dort draußen ihre Runden ziehen würde und das sie dafür auch etwas Schönes bekommen würde.

Mittlerweile wusste sie, dass es ein Mädchen werden würde und alle rings um sie herum überschütteten sie schon eine ganze Weile mit Namen für das Kind. Sie hatte sich selbst eine Liste, mit sicher hundert Namen, an die Kühlschranktür geheftet, von der sie ab und zu den einen oder anderen strich. Manchmal saß sie auf dem Sofa und laß dem noch ungeborenen Kind die Namen vor, sie hörte darauf wie sie klangen und ob sie bei dem Namen ein gutes, oder nicht so gutes Gefühl im Bauch hatte.

Es würden sicher noch ein paar dazu kommen, denn immer mal wieder hörte sie einen Namen, wenn sie im Supermarkt war, oder im Fernsehen und diese Namen landeten dann unten, während oben schon wieder Platz für ein paar Neue wurde. Zum Schwimmen mit Sonya ging sie auch gern, aber in letzter Zeit hatte Sonya manchmal keine Zeit für sie. Als Ramona sie eines Abends darauf ansprach druckste Sonya etwas herum, bevor sie der Freundin im Vertrauen erzählte, das sie im Fitnessstudio jemanden kennen gelernt hatte, der ihr nicht ganz egal war.

An dem Blitzen in ihren Augen sah Ramona, das diese Bezeichnung der Freundin stark untertrieben war. Ganz sicher war der andere Mann Sonya „Nicht ganz egal." Sie hatte sich in den Mann offensichtlich verliebt, wollte es sich aber, nach der Katastrophe mit Peter, nicht eingestehen. Da sie ja im Fitnessstudio auch schwammen, schummelte sich Ramona in den anderen Übungsraum und beobachtet die Freundin, wie sie beim Gespräch mit einem Mann leuchtend rote Ohren bekam.

Als der Mann sich umdrehte erkannte Ramona Andreas, den Mitbewohner von Achim aus dessen WG und der erkannte sie natürlich auch sofort. Beide lächelten sich an und sie nickte Sonya wissend zu. Sie hatte sicher die richtige Wahl getroffen, so gut kannte sie, durch ihre abendlichen Besuche in der WG, auch den Freund von Achim.

Nun hatten die beiden Frauen auch wieder etwas zum austauschen und Sonya fragte sie und Achim über alles aus, was die Beiden über den Freund wussten. Noch einmal wollte sie keinen Reinfall erleben, und das würde sie mit Andreas auch sicher nicht.

18. Kapitel

Neue Wege

Mit ihrer Tochter auf den Knien saß Ramona in dem Gartenstuhl hinter Sonyas Haus. Sie wollte auf die Freundin warten, die noch nicht da war und so hatte sie einen der Bediensteten gebeten, ihr den Stuhl in den Schatten eines Sonnenschirmes zu bringen. Obwohl es schon auf den Herbst zuging, brannte die Sonne doch noch ganz schön auf sie herunter. Seit ihre Tochter vor einem halben Jahr zur Welt gekommen war, hatte Sonya sie auch oft zu sich eingeladen. Warum das vorher nicht geschehen war, wollte sie die Freundin nicht fragen. So trafen sie sich nun abwechselnd bei ihr oder bei Sonya.

An den Tagen, an denen sie im Fitnessstudio waren passte Achim auf die Tochter auf. Ramona war sehr glücklich mit ihm und er hatte sich sehr verändert, zu dem, der er früher einmal war. In ein paar Tagen würde die Hochzeit mit Achim stattfinden und es gab noch so viel vorzubereiten. Dafür brauchte sie die Freundin, die auch ihre Brautjungfer und Trauzeugin sein würde. Andreas, der nur Sonyas Verlobter war, würde der Trauzeuge von Achim sein.

So in dem Wintergarten sitzend dachte sie an das vergangene Jahr zurück. Eigentlich war es ja etwas mehr als ein Jahr und sie schaute auf ihre Tochter herunter, die mit einer Blume spielte, die neben dem Stuhl stand. Noch im letzten Jahr hätte sie sich dieses Glück nicht vorstellen können und nun saß sie hier. Sie strich ihrer Tochter über das Haar und schaute auf das kleine Wesen herunter, das ihr Leben so stark verändert hatte.

Früher hatte sie nur Rodrigo als einzigen Freund und nun hatte sie so viele. Sie hoffte, dass das Glück für immer halten würde. Es war nun Zeit für ganz neue Wege in eine schöne Zukunft. Mit ihrer Tochter, Achim und Sonya. Ein paar Störche flogen über ihr in Richtung Süden und sie bedankte sich bei den Vögeln noch einmal für das Glück, dass sie ihr gebracht hatten.

Vom Hause her hörte sie Schritte und sie sah Sonya mit Achim in den Garten kommen. Freudestrahlend kamen sie auf Ramona zu und Sonya fiel der Freundin um den Hals. „Schau mal." sagte sie und zeigte ihr auf dem Display des Telefons ein Bild von einem bildhübschen Fohlen. Weiß und Braun war das Tier. „Es hat eine ganze Weile gedauert. Aber Mutter und Kind sind wohlauf." sagte Achim „Ich durfte das erste Mal assistieren." setzte er stolz fort.

„Ein wirklich schönes Pferd." sagte Ramona und schaute sich das Foto genau an. „Wie willst du ihn nennen?" fragte sie und Sonya antwortete „Es ist eine Sie und ich möchte sie dir zur Hochzeit schenken. Da darfst du dir einen Namen aussuchen. Vielleicht hast du noch einen auf deiner alten Liste." sagte sie mit einem Lachen. „Das kann ich doch nicht annehmen." antwortete Ramona, doch Sonya fiel ihr ins Wort „Das musst du sogar! Sonst bin ich beleidigt."

Schließlich stimmte Ramona zu und die beiden Frauen setzten sich auf eine Gartenbank. Sie schauten in den sich langsam verfärbenden Garten des beginnenden Herbstes. So viel war noch zu sagen und vorzubereiten. Achim ging ein paar Getränke holen und war schon wenig später wieder in dem Garten. Er strich seiner Tochter über das Haar und gab seiner zukünftigen Frau einen Kuss, bevor es sich in einen der Stühle setzte.

Ramona schaute auf das Foto des kleinen Pferdchens und schaute dann zu Achim. „Manchmal geht es in der Liebe zu, wie in einem Ponyhof. Zwei treffen sich im Stall und dann sind es irgendwann mal drei." sagte Ramona mit einem Augenzwinkern zu Achim und der lachte sie an.

ENDE

Von Uwe Goeritz im Verlag BoD - Books on Demand, Norderstedt - ebenfalls erschienen:

"Cecilia im Bann der Liebe"

ISBN lautet: 978-3-7392-4583-6
Altersempfehlung: ab 16 Jahre

"Was ist Liebe und warum kann sie uns in ihren Bann ziehen? Kann Mann oder Frau das mit dem Kopf entscheiden? Oder ist da eine rationale Entscheidung völlig unnütz? Cecilia, die Heldin dieser Geschichte, beginnt ihrem Kopf zu folgen, wo sie ihrem Herz hätte folgen sollen.

Gibt es für sie die Chance, diese Entscheidung zu revidieren? Oder bleibt sie allein und unglücklich zurück?"

112 Seiten als Buch für 6,49 Euro und als eBook erhältlich für 2,49 Euro

"Für Immer an deiner Seite"

Die ISBN lautet: 978-3-7412-8407-6
Altersempfehlung: ab 16 Jahre

"Eine junge Frau schaut sich um und blickt zurück auf ihr Leben. "Wann ist die Liebe eigentlich erloschen?" fragt sich Maria, die Heldin dieser Geschichte. Im täglichen Kleinklein des Lebens hat sie sich viel zu weit von ihrem Mann entfernt. Oder er sich von ihr? Gibt es noch eine Chance?

Ist noch etwas Glut unter der Asche ihrer Liebe und kann der Wind der Veränderung die Flamme ihrer Liebe neu entflammen? Oder verweht der letzte Funken für immer und es beginnt ein neues Leben? Mit einem Anderen?"

112 Seiten als Buch für 6,49 Euro und als eBook erhältlich für 2,49 Euro

Aktuelle Informationen und Neuerscheinungen finden sie immer im Internet unter:

www.Goeritz-Netz.de